共和国故事

黄龙济青

——引黄济青工程胜利竣工

张学亮 编写

吉林出版集团股份有限公司

图书在版编目（CIP）数据

黄龙济青：引黄济青工程胜利竣工/张学亮编．—长春：吉林出版集团股份有限公司，2009.12

（共和国故事）

ISBN 978-7-5463-1896-7

Ⅰ．①黄… Ⅱ．①张… Ⅲ．①纪实文学－中国－当代 Ⅳ．①I25

中国版本图书馆 CIP 数据核字（2009）第 237675 号

黄龙济青——引黄济青工程胜利竣工

HUANGLONG JI QING　　YIN HUANG JI QING GONGCHENG SHENGLI JUNGONG

编写	张学亮
责任编辑	祖航　蔡大东
出版发行	吉林出版集团股份有限公司
印刷	三河市嵩川印刷有限公司
版次	2010 年 1 月第 1 版　　2022 年 1 月第 9 次印刷
开本	710mm×1000mm　1/16　　印张　8　字数　69 千
书号	ISBN 978-7-5463-1896-7　　定价　29.80 元
社址	吉林省长春市福祉大路 5788 号
电话	0431－81629968
电子邮箱	tuzi8818@126.com

版权所有　翻印必究

如有印装质量问题，请寄本社退换

前　言

自1949年10月1日中华人民共和国成立至今,新中国已走过了60年的风雨历程。历史是一面镜子,我们可以从多视角、多侧面对其进行解读。然而有一点是可以肯定的,那就是,半个多世纪以来,在中国共产党的领导下,中国的政治、经济、军事、外交、文化、教育、科技、社会、民生等领域,都发生了深刻的变化,中国人民站起来了,中华民族已屹立于世界民族之林。

60年是短暂的,但这60年带给中国的却是极不平凡的。60年的神州大地经历了沧桑巨变。从开国大典到60年国庆盛典,从经济战线上的三大战役到经济总量居世界第三位,从对农业、手工业、资本主义工商业的三大改造到社会主义市场经济体制的基本确立,从宜将剩勇追穷寇到建立了强大的国防军,从废除一切不平等条约到独立自主的和平外交政策,从"双百"方针到体制改革后的文化事业欣欣向荣,从扫除文盲到实施科教兴国战略建设新型国家,从翻身解放到实现小康社会,凡此种种,中国人民在每个领域无不留下发展的足迹,写就不朽的诗篇。

60年的时间在历史的长河中可谓沧海一粟。其间究竟发生了些什么,怎样发生的,过程怎样,结果如何,却非人人都清楚知道的。对此,亲身经历者或可鲜活如昨,但对后来者来说却可能只是一个概念，对某段历史的记忆影像或不存在，或是模糊的。基于此，为了让年轻人，特别是青少年永远铭记共和国这段不朽的历史，我们推出了这套《共和国故事》。

《共和国故事》虽为故事，但却与戏说无关，我们不过是想借助通俗、富于感染力的文字记录这段历史。在丛书的谋篇布局上，我们尽量选取各个时代具有代表性或深具普遍意义的若干事件加以叙述，使其能反映共和国发展的全景和脉络。为了使题目的设置不至于因大而空，我们着眼于每一重大历史事件的缘起、过程、结局、时间、地点、人物等，抓住点滴和些许小事，力求通透。

历史是复杂的，事态的发展因素也是多方面的。由于叙述者的视角、文化构成不同，对事件的认知或有不足，但这不会影响我们对整个历史事件的判断和思考，至于它能否清晰地表达出我们编辑这套书的本意，那只能交给读者去评判了。

这套丛书可谓是一部书写红色记忆的读物，它对于了解共和国的历史、中国共产党的英明领导和中国人民的伟大实践都是不可或缺的。同时，这套丛书又是一套普及性读物，既针对重点阅读人群，也适宜在全民中推广。相信它必将在我国开展的全民阅读活动中发挥大的作用，成为装备中小学图书馆、农家书屋、社区书屋、机关及企事业单位职工图书室、连队图书室等的重点选择对象。

编　者

2010年1月

目录

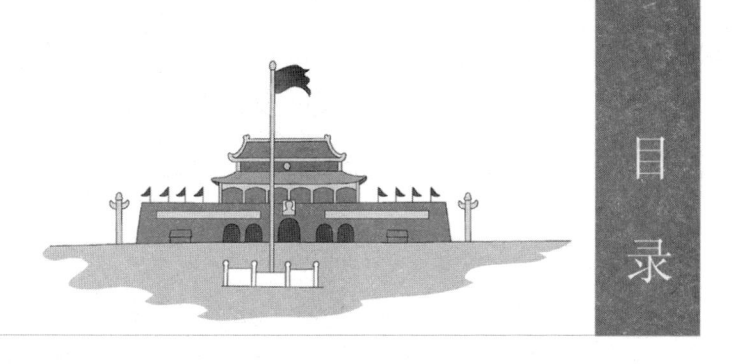

一、决策规划

提交引黄济青工程报告/002

青岛市采取供水措施/009

邓小平视察青岛谈饮水/018

中央作出引黄济青决策/020

二、勘测设计

引黄济青纳入治黄规划/025

设计组攻克设计施工难题/029

技术人员战斗在勘测设计第一线/036

三、施工建设

引黄济青工程开工建设/044

万名指战员改建桃源河/050

修建大沽河输水枢纽/054

修建引黄济青棘洪滩泵站/060

修建引黄济青潍坊段/069

修建引黄济青平度段/076

修建引黄济青寿光段/083

修建引黄济青昌邑段/090

目录

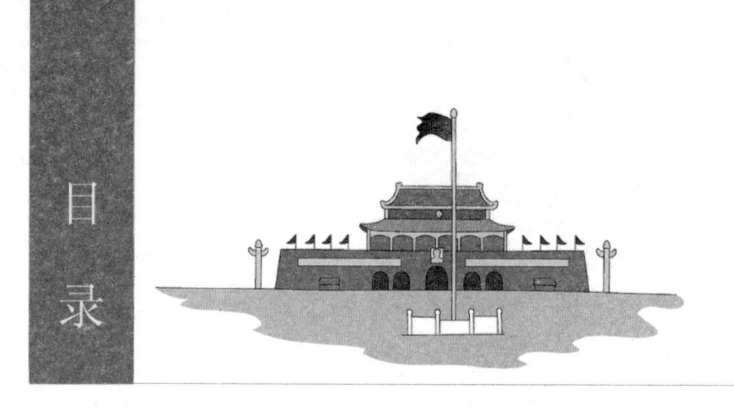

  广大群众踊跃参加施工建设/096

  政府对引黄济青工程的关怀/100

四、验收管理

  引黄济青工程通过验收/104

  加强引黄济青工程管理/109

  续建灌区节水改造工程/114

一、决策规划

- 青岛市老人张曰明说：一旦遇到干旱天气，河里没水了，水井里也打不上水来，水厂就很难保证水源供应。

- 青岛市将这种情况上报中央：在这种形势下，只能通过加强综合利用、合理计划、节约用水等方法，才能缓解青岛的水危机。

- 邓小平说：一定要让老百姓有水吃。青岛市连水都没有，搞开放旅游是不行的，无法接待外宾，要赶快解决水的问题。

提交引黄济青工程报告

1984年10月8日，山东省人民政府向国务院提出《关于兴建山东省引黄济青工程的报告》，"报告"中指出：

青岛市是我省主要的工业城市，是轻工、外贸、海洋科研和旅游基地，是国家确定进一步对外开放的14个沿海港口城市之一……自60年代末期以来，供水一直十分紧张……

在接到这份报告之前，中央领导同志来山东视察黄河，在听取了关于引黄济青工程方案的汇报后指出：

引黄济青采用明渠方案好，综合效益大。

青岛缺水由来已久，从20世纪60年代以来，青岛市区供水一直非常紧张，进入20世纪70年代，更是发生过几次供水危机。

青岛这座城市依山傍海，它就如同一颗璀璨的明珠，镶嵌在黄海之滨、山东半岛的东南部。

人们来到这里，看到壮美的山峦和迷人的海滨，感受到这里宜人的气候，欣赏着它秀丽的景色，品味着这个城市悠久的历史和灿烂的文化。

青岛不仅是个避暑胜地，而且也是重要的工业生产城市，同时还是重要的商业港口和海防前哨。

这些都使青岛成为我国著名的海滨旅游城市。

可是，青岛人却说：

> 青岛是一个丰富多彩的城市，是我国重要的外贸、港口、旅游和海洋科研城市，但也是一个严重的资源性缺水城市啊。

水是生命之源，作为人类赖以生存的基础性自然资源，是一个地区发展进步不可替代的重要资源。缺水，会给人类带来数不尽的痛苦和灾难。

水源包括河水、地下水、冰山融水、雨水等，青岛虽然处于海边，但海水含有大量的镁盐、钠盐等化合物，必须经过淡化处理，而淡化处理还未投入民用，不能算水源，只能算未来的水源。

青岛缺水这个致命的发展"瓶颈"挡在了面前，缺水，成了青岛市的"心腹大患"。

青岛全市人均淡水资源占有量只有342立方米，每亩耕地水资源占有水资源量为330立方米，分别为全国平均值的13%和18%，属于绝对的缺水区。

青岛市领导和全市人民都感觉到，青岛作为我国北方缺水最严重的城市之一，多少年来，不断经历旱灾的困扰，它早已经处于极度"干渴"之中。

青岛市老人张曰明介绍说："1950年刚到青岛工作的时候，城市常住人口有48万人，当时很多企业和居民都还在用水井，那时棉纺厂等企业都有自己打的水井，用泵机抽水供应生产。海泊河公园当时就是一个拥有很多水井的水厂，汇泉广场上也到处都是水井，有的用机器抽水，有的则直接人工提水、挑水。后来政府在白沙河等靠近河流的位置，建设了5家水厂，其中一些水厂供水，其实仍然是从水井里抽出来再输送过去的。"

张曰明还说："一旦遇到干旱天气，河里没水了，水井里也打不上水来，水厂就很难保证水源供应。"

从1977年至1987年的10年之间，青岛就相继发生了9次旱灾，平均14个月发生一次，每次干旱，都很快造成水库干涸，水井枯竭，河流断流。

淡水资源的严重匮乏，给青岛市人民生活和工农业生产带来很大的困难。青岛在不断品尝着缺水的苦涩滋味，青岛人民的生活也被水荒笼罩上了一层阴影。

面对严重的缺水局面，城区经常不得不采取定量配给的措施。

当时，曾一度在全市实行居民限时限量供水。机关、宾馆等单位也都限量用水，工业用水被严格控制，造成工厂停产或半停产。

甚至，有时还不得不停止给城建、公共浴池等用水大户的供水。

当时,青岛的"自来水"常常是不"自来"的,家庭、机关、工厂、旅店,甚至一些上档次的大酒店,都自己备有水缸,在指定有自来水的时候接满水缸,然后这一天的时间就只能用缸里的水了。

如果住招待所,早晨接一澡盆水,洗完脸洗手,洗完手还要冲马桶,用水可谓非常珍贵。

缺水的时候,水厂经常停水,群众的生活用水非常困难。当时,青岛几乎所有的宿舍、街道都是"供应"自来水。一户几口人,每月只能到唯一的水龙头去排着队挑几担水。

而且,水龙头和水站都有专人看守,定时开关,人们排着队,一排排的水桶边站着挑水的人。

挨到谁了,谁就把水牌递过去,水站的看守人就在递来的水牌上盖一个黑戳。

如果水牌上的黑戳盖满了,那他家这个月的水也就没有了。

1981年至1983年,包括饮用、做饭、洗澡、洗衣服在内,每人每天只能供应15公斤水,一个月最多不能超过半吨。如果这一户人家超过了用水标准,整栋楼都会暂时停止供水,直到其交纳罚款为止,才重新恢复供应。

当时对企业的要求是,增产不增水,增产的内容之一,就是还要比原来节省用水。

缺水,把青岛变成了一个节约用水的先进模范城市,全国大力推广青岛的节水措施。

当时，青岛市民印象最深刻的就是"节约用水"的宣传画。画面上，一个小姑娘，可怜兮兮地盯着水龙头，她伸出一双小手，接的只是似滴未滴的水珠。小姑娘显得十分无奈与无助。

这幅宣传画让人看了觉得心酸，让人不得不节约用水。但是，再节约也得用水啊！没有水又怎么节约呢？在青岛，人们甚至养成了一个好习惯：一盆水先洗脸，然后洗衣服，再用洗衣服的脏水去冲厕所或者去洗拖把擦地。

当时，青岛流传着一句顺口溜：

市民排长龙，工厂机器停，老少三辈一盆水，剩下留着冲厕用。

青岛市缺水出了名，这极大地阻碍了城市社会经济的发展和对外开放。好多企业都因为经常供水不足而处于限产或半停产的状态。连停泊在港口的外轮和停靠在车站的列车，也常常不能正常补充淡水。

1981年，山东异常干旱，是百年不遇的大旱年。仅仅在这一年，因工业用水强令压缩一半，青岛全市因为缺水而停产或半停的企业就达到100多个。这导致了青岛经济损失2.9亿元。

当时，对高级饭店里的外宾也实行了定量供水。缺水，成为制约青岛经济快速发展的严重阻碍。

青岛农村缺水，尤以山丘地区和沿海孤岛为重，有的村庄需往返几公里挑水吃。

有的地方到缺水村走亲戚带上一桶水作礼物；沿海9个主要孤岛在旱年全靠用船到内陆运水；有的村需深夜到几十米深的井底舀点浑水。

莱西县水集镇展格庄村，昔日流传着"有女不嫁展格庄，水罐挂在膀子上"的歌谣。

尽管国家每年都拿出一定资金补助农村人畜吃水工程，但并未得到根本解决。

市政府领导解释说："原因有三：一是连年干旱造成一些吃水工程水源枯竭；二是1980年前库区村修建的吃水工程多已老化损坏；三是水质污染。"

青岛市由于受自然条件制约，农村自古就有不少村庄缺水，有些是季节性缺水，有些是历史性缺水。

新中国成立后，青岛市委和市政府对解决农村人畜饮水工作十分重视，在兴修水利的同时，逐年安排资金兴建农村饮水工程。

1980年，全国饮水工作会议以后，市、县、乡各级政府都把解决农村人畜饮水工作列入重要议事日程，加大了投入。

各级水利部门加强了具体指导，在充分调查研究的基础上，做出了解决人畜饮水规划，落实了具体措施。8年来，在兴建大量饮水工程的同时，还基本上完成了除氟改水任务。

  随着山东省政府向中央提交引水工程报告，中央关于解决青岛水源的决策即将出台。

青岛市采取供水措施

新中国成立以后,青岛市委、市政府一直没有停止解决青岛市供水问题的努力。

青岛市很早就把节水工作放在重要位置,首先创立了节水机制,节约稀缺的淡水资源。青岛积极组织各用水系统大搞节水技术挖潜,大力推广采用顺流改逆流、水冷改风冷、干法空气洗涤等节水新技术、新工艺、新设备,降低了单位产品耗水量。咬定节水型技术改造不放松,是青岛市一贯倡导和实施的做法。

20世纪80年代初,青岛就明确规定:凡属大的耗水型的建设项目一律不上。"九五"期间,青岛关闭了技术落后、浪费资源、水污染严重的200多家企业,整顿了20多家企业,实现了产业结构向节水型经济的大转轨。这是青岛市调整产业结构,大力发展节水型经济的重要举措。

另外,作为近海城市,青岛直接利用海水的历史较长,年海水利用量一直居于全国前列。在青岛,海水的主要用途是作为工业冷却水,此外还发展到做还原剂、化盐、除尘、冲渣、冲洗以及冲厕等方面,年利用海水量折合淡水为数千万立方米。

在广泛采取上述措施的同时,青岛市委、市政府花大力气进行基础设施建设，动员组织广大群众投身于水利设施的建设当中。

早在 1958 年，青岛市政府集中大批人力，在崂山动工兴建属于崂山水系的崂山水库。

崂山水库原名"月子口"水库，位于城阳区夏庄办事处以东，距离市区 35 公里。

崂山水库是一座单一职能的城市供水中型水库，它曾是青岛市供水的主要水源地，为青岛的经济建设、社会进步和人民生活作出了巨大贡献。

但是，由于城市的发展和用水量的逐年增加，再加上淡水资源严重缺乏，崂山水库已经远远不能满足青岛市生活用水与生产用水的需要。

从 1960 年开始，青岛市政府为了解决青岛的缺水问题，通过扩大水源以缓解水危机。除了新建井群水厂以外，政府还通过增建水库、从河流取水等措施，改善用水紧张的局面。

1968 年，青岛市的年降水量只有 467 毫米，这只相当于年平均值的 68%，而主要的供水来源崂山水库年底存水只有 458 万立方米。

这样，如果按照最低极限供水标准，即日供水 12 万吨来计算，那也只够使用 38 天时间。

鉴于这种情况，青岛市政府调集人力，开挖了 18 公里长的水渠，利用桃源河引大沽河的水来支援青岛。这是第一次为了挽救青岛供水危机而搞的应急工程。

崂山县临近青岛市区，20世纪80年代以前很多市属、县属企业以及居民生活用水，主要靠市区供水系统供水。

为减轻市区供水压力，经崂山县委、县政府研究决定，开辟崂山县供水水源地，建立自己的供水网络。

1981年，由流清河水库干渠2号隧洞出口处，铺设了13公里长、直径为600毫米的预应力钢筋混凝土管，将水送到庄子南水厂。

除流清河水库供水外，在李村河下游段凿井群取水作为辅助，设泵站一处，配30千瓦机泵3台套，7.5千瓦机泵3台套，13千瓦机泵1台套，河床内凿井3眼，利用原有直径62米大口井1眼，配机提水送往水厂。崂山县在莱西县机关院内竣工第一眼城区供水井，年供水5万立方米，后又成立了莱西县自来水公司。

至1985年，城区内共有自来水井8眼，主要供水管道17公里，由3处供水站向11个单位4000余户居民供水，年供水量101.87万立方米。

其他企事业单位建自备水井80眼，日取水量1.4万立方米。

至1987年底，主要供水管道已达23公里，向5600户企事业单位供水，年供水量188万立方米。

对于较大厂矿的供水，除县酿酒厂在黄花观村打机井引水入厂外，大部分厂矿以库水为主要水源。

莱西县化肥厂在水集镇炉上村西河内打截流连环井，

1971年从产芝水库东干渠引流补充。

1982年在展格庄建水厂,设专管引入化肥厂。至1987年,产芝水库向该厂累计供水2490万立方米。

20世纪60年代中期,在胶州市火车站设供水所,开始向城区供水,日供水仅100立方米。

1968年,在省地质部门协助下,在杨戈庄打成一眼深45米的水井,是胶县城内第一眼正式供水水井,最大日供水量2000立方米。同年成立县自来水厂。

1974年,开发青年水库下游池子崖水源地和庄里头水源地,有井12眼,最大日供水量7000立方米,缓解了城区供水紧张状况。

1979年6月,以平度县城建局为主筹建自来水公司,至12月建配套机井两眼,日供水1200立方米,解决了城区11个单位近千人的生活用水。

1980年3月,正式成立平度县自来水公司后,开辟3处水源地:一是北城区水源地,有井3眼,日供水能力1200立方米,1982年后水井干枯;二是东城区水源地,有水井4眼,日供水能力2500立方米;三是白沙河水源地,在崮山乡大宝山村东、沙岭村南的白沙河古河道内,1984年成井13眼,设计日供水能力1.6万立方米。

到1987年累计投资520万元,日供水量9000立方米,是平度城区主要水源地。

1976年成立胶南县自来水公司,建水厂一个,日供水3000立方米。

至 1987 年，胶南县供水设施固定资产投资已完成 446 万元。但由于未能充分保护和利用原有水源，对地下水源重采不补，导致地下漏斗加大，水质污染。

一水厂水源地风河地段，由于挖沙、工业废水等原因，产水量由建厂初期的每天 1.2 万立方米，降到每天 0.3 至 0.5 万立方米。自备水源也呈逐年减少趋势。

黄岛区淡水资源奇缺，境内无大河流，地下水多系第四系浅层水，储量不丰且随降水而变化。

1985 年前，黄岛区主要在辛安镇 10 平方公里范围内打井，属黄岛区的水井两眼，日供水 2000 立方米。

黄岛区属胜利油田末站的水井 6 眼，日供水 3200 立方米。

黄岛电厂在距厂 20 公里以外的漕汶河、岛耳河之间打井 4 眼，提取浅层地下水，日供水 4000 立方米。合计总供水量 9200 立方米。

1985 年，黄岛区自来水公司成立，开始规划集中供水的实施方案。

1987 年 11 月，黄岛供水工程开工，由青岛市水利勘测设计院设计，包括黄岛电厂二期工程日用淡水 1 万立方米，前湾港日用淡水 1.2 万立方米，黄岛区居民及部分工业用水 0.8 万立方米。

设计按日供水 3 万立方米，最大 4 万立方米的标准进行。工程采用多水源方案：把洋河、漕汶河汛期及平时径流调存起来，存入水库；利用小珠山水库的合理调度，既满足农田灌溉的需水要求，又满足黄岛区生活与工业用水需求。

该工程由水源地和供水系统两部分组成：水源地包括拦河橡胶坝两座，加压站一座，调蓄水库一座；供水工程包括净水厂两座，高位水池一处及供水管网。

黄岛区水厂设在小珠山水库处，其流程为隔板反应、斜管沉淀、虹吸滤池、清水池，到送水泵房，途中设5000立方米高位水池两个，对中途经过的一座小型水库经净水机处理后纳入管网，日供水2000立方米。

1977年，崂山水库在汛期之后，存水也只有350万立方米，当时大沽河已经断流，市区5个井群水厂的地下水位迅速下降。

青岛市政府针对这种情况，在沽河沿岸新打了82眼机井，并修建了输水暗渠和76公里长的管道，以输送淡水来供应青岛。

1981年，青岛又遇到了一个大旱之年，青岛全市日供水量仍然不足13万吨，市民生活用水每人每月只有0.5吨。

这次干旱，造成部分工厂被迫停产或限产，给青岛市全年的工业总产值造成巨大损失。

青岛市政府为了缓解旱情，不得不在胶县、即墨县、平度县等地新打机井255眼，同时，利用303眼民井来修建输水渠和162公里长的管道。

这样，再加上崂山水库和市区的井群，才勉强维持日供水13万吨。

1983年,大沽河已经断流3年了,而青岛的地下水位还在大幅度下降,大部分水井已经干涸。

基于这种情况,政府不得不到大沽河上游的平度与莱西两县去开辟新的水源。

后来,在平度和莱西新打了200眼水井,又新建了77公里长的输水管道,这才保证了青岛在1984年汛期来临之前勉强维持日供水15万吨。

但是,这些供水应急措施并没有从根本上解决青岛的水危机。

因为青岛市附近的水系流域面积都比较小,水源严重不足,而且基本上属于同一个气候区,降雨量在每年都具有同步性。

青岛高层领导意识到,这无法真正解决保证率要求很高的城市供水。

因为,当青岛市由于枯水而急需供水的时候,周边这几个县市的水系也同时处于干枯阶段,基本上是没有水可以调的。

而且,为了能使青岛市度过断水危机,年年超量开采这些地区的地下水,造成了胶州、即墨、平度市、县境内约100公里长的大沽河堤防出现了近200处纵横裂缝,还有70余处出现塌陷的大坑,有的坑深竟然达到了3米以上。

甚至,这些采水地区的许多房屋也不同程度地出现了裂缝。

专家们看过之后说：

这种杀鸡取卵之举，太不可取了。

但是，持续多年的严重水荒仍然在困扰着青岛市的人民。

青岛市将这种情况上报中央：

在这种形势下，只能通过加强综合利用、合理计划、节约用水等方法，才能缓解青岛的水危机。

1984年全年中，青岛全市工业用水重复利用率达到77.34%，生活用水按每人每月计划1吨供应，而实际用水则是0.6吨。

1984年10月，国家计委正式向国务院上报了《山东省引黄济青工程设计任务书》。

水利电力部和城乡建设环境保护部按照国务院指示，共同对"任务书"进行了初步审查。

审查后大家一致认为：

引黄济青虽然投资较大，但水源有保证，是解决青岛城市供水问题的根本途径。原则同意"任务书"所列向青岛市日供水55万吨的明渠输水方案……

1985年8月2日，山东省人民政府向国务院又提交了《关于兴建山东省引黄济青工程的补充报告》。

"报告"中说：

> 兴建引黄济青工程，缓和青岛市供水的紧张局面，是关系到青岛市对外开放和国民经济翻番的关键措施，刻不容缓。我们恳请中央能及早批准，争取今冬开工。我们决心……高标准、高速度地完成这一造福子孙后代的跨流域调水工程，为祖国四化大业作出贡献。

随着党中央越来越关注和引黄济青工程的即将实施，青岛市可望从根本上解决供水问题。

邓小平视察青岛谈饮水

1979年7月,邓小平视察青岛,中央领导开始设计引黄济青的宏伟蓝图了。

7月26日,邓小平来到青岛。武杰时任青岛市委副书记,他参与了接待工作,并陪同邓小平参加了一些重要活动。

大家刚开始面对邓小平时都很紧张,但邓小平很会调节现场气氛,叫大家随意提问题,自己也带头提问。

邓小平认真询问了青岛居民饮水、工业用水等问题。当邓小平得知居民饮水难时,他心情沉重地对身旁的省、市领导说:

> 一定要让老百姓有水吃。青岛市连水都没有,搞开放旅游是不行的,无法接待外宾,要赶快解决水的问题。

青岛的水危机问题,引起了中共中央、国务院和山东省委、省政府的严重关切。

党中央和山东省委就如何尽快解决青岛市的缺水问题广泛征求意见,并进行了热烈的讨论。

这时，有人想到了流经山东入海的黄河，提出了用黄河水滋润青岛的设想。

他们说：

单纯依靠发掘青岛附近地区水资源的潜力，用限制大耗水工业的发展以及采取限制居民用水等措施，这都只能治标，不能治本。

要想彻底解决青岛的水荒问题，就需要从水量丰富的大江大河跨流域调水。

而黄河与青岛地区不同属一个气候区，而且实测资料说明，当青岛附近的水系发生枯水情况的时候，黄河正是水量丰沛的时候，这对于跨流域引黄河水接济青岛来说无疑是可行的。

中央作出引黄济青决策

1982年1月，国家城市建设总局在青岛召开"青岛市水资源研究讨论会"，引黄济青的设想在这时被第一次提了出来。

山东省政府向国家计划委员会呈报了青岛市的供水工程计划任务书，推荐了引黄济青的工程方案。

国家计委、经济委员会、水利电力部与城乡建设环保部进行了联合考察，在认真听取了青岛供水危机的情况汇报后，又对引黄济青工程的经过路线进行了仔细的现场考察，最后确认：

远距离、跨流域从黄河调水是解决青岛用水问题的最佳方案。

国务院在批复《青岛市城市总体规划》的时候，就曾特别强调：

为解决远期城市用水的需要，省、市与有关部门要抓紧进行从其他地区水系引水方案的可行性研究。

山东省计委、建委还召开了"青岛市城市供水方案论证会",省内外数十名专家、学者参加了会议,并进行了现场考察。

与会者达成了一致的看法:

> 由于青岛周围淡水资源严重不足,必须跨流域、远距离地从黄河引水。

在采用管道输水还是采取明渠引水的问题上,有专家主张:采用明渠比较好,因为举办引黄济青工程应尽量考虑农业灌溉及沿途地区的用水,以发挥更大的效益。如果不照顾沿途地区及农民的利益,将来也不好管理。

7月,万里、李鹏等中央和国务院领导率领有关部委的专家、学者乘直升机视察了黄河。

中央领导在听取了水电部部长钱正英关于引黄济青方案的汇报后,他们提出:

> 既要保证青岛用水,又要考虑沿线人民的利益及旱地用水急需,要尽快制订出可行性方案,以备邀请全国专家进行审查论证。

根据中央领导的指示精神,山东水利学会在青岛召开了"山东省引黄济青工程可行性研究论证会"。

国家计委、水利部、建设部及有关科研单位、大专院校等61个单位的学者、专家应邀参加了论证会。

与会代表一致认为：

> 引黄济青势在必行，肯定采用明渠输水的方案，它在经济上是比较合理的，也是切实可行的。

紧接着，山东省水利厅编制《山东省引黄济青工程设计任务书》，并呈报国务院。

水电部与国家计委、建设部联合召开审查会，初审确定基本同意"设计任务书"提出的向青岛市增加日供水55万吨的工程规模和工程总体布局。

1985年1月，国务院领导召集有关部门负责人讨论引黄济青工程，要求对采用明渠或者采用管道输水的方案进行进一步的比较和论证。

著名水利专家张光斗受国家计委的委托，来山东及青岛对引黄济青工程进行实地考察和论证。

山东省水利厅在济南召开《山东省引黄济青工程设计任务书修正说明》论证会。会议充分论证与比较了明渠、明暗结合及管道输水3个方案。

大部分与会者倾向于明渠输水方案，大家认为：

> 虽然明渠方案土方工程量较多，但具有投资和材料用量少、工期短、能源消耗和年运行

费用少等特点，也可以兼顾沿线农业用水，而且还可以与南水北调工程连接，扩大面向胶东半岛调水的范围，对缓和半岛地区缺水的状况，促进当地的经济发展具有战略意义。

7月26日，山东省政府第八十二次常务会议明确了引黄济青工程采用明渠方案。

此后，山东省政府将《山东省引黄济青工程修正设计任务书》呈报国务院，其中将供水规模由每日的55万吨调整为30万吨，并推荐了明渠输水方案。

国家计委会同水电部、建设部及相关专家审查了"修正设计任务书"，并向国务院呈报了审批请示。

1985年10月18日，经国务院审批同意，国家计委正式批准了引黄济青工程设计方案。

国家计委发出《关于印发〈关于审批山东省引黄济青工程设计任务书的请示〉的通知》。

"通知"中说：

山东省人民政府：

《关于审批山东省引黄济青工程设计任务的请示》业经国务院领导同志批准，现印发给你们，请按此执行。

二、勘测设计

● 山东省水利勘测设计院测量队、山东省治淮安装工程队也为青岛段输水河线路施工放线和亭口泵站的建设作出了贡献。

● 孙贻让不顾年近古稀,从工程的论证讨论到勘测、设计、施工,都亲自上阵把关,以确保把工程建设成优质工程。

● 每当有疗养安排地,他们总是异口同声地说:等完成了引黄济青工程设计,再去痛痛快快地休息一下吧!

引黄济青纳入治黄规划

1955年12月，山东河务局制定了《山东黄河规划纲要》。关于引黄兴利的措施就是其中的重要一项，这项措施包括引黄济青工程在内，以及其他沿线工程，都给沿途百姓带来了利益。

"黄河规划纲要"为黄河山东段的未来描绘了一幅美好的蓝图。

山东人民从此开始了治理黄河的事业，把黄河由一条害河变为一条为人民服务的利河、宝河、生命河、黄金河。

无论是在黄河的历史上，还是在山东的历史上，1855年，即咸丰五年，是一个不同寻常的年份，这年6月黄河在铜瓦厢决口，从此黄河改道走山东。

在这之前，黄河沿着旧河道已经流淌了500多个春秋。

黄河的改道也给山东造成了巨大的灾难，清政府无计可施。直到光绪十年即1884年，山东黄河的官修堤防才建立起来。

黄河不仅是山东农业的命脉，还是山东经济发展和社会稳定的生命线。

黄河水也随着引黄济津，流进千家万户，为人民带来了舒心幸福的生活。

同时,黄河水域机器隆隆的厂房,带来一个又一个的工业增长点。

黄河水还流进了井架林立的油田,带来一桶桶原油。

新中国成立前,滔滔黄河空自流,人们眼睁睁地看着干渴的土地得不到滋润,只能望天发出兴叹。

新中国成立后,山东的引黄灌溉事业蓬勃发展,黄河水流进了干旱的农田、林地和果园,人民迎来了一个又一个丰收年。

黄河和沿黄城乡有着密不可分的关系,它担负着供给沿黄城镇工业用水和人畜吃水的"光荣使命"。

而且,黄河还为山东省内的内河和湖泊补给了大量的水源。

位于黄河入海口的东营等地区,地下水含盐量很高,根本不能饮用。另外,还有一些沿黄城镇利津、垦利等地,同样面临着缺水的难题。

在引黄之前,部分缺水地区的群众全靠坑塘蓄水的方法解决饮水问题。

黄河水给沿黄缺水的城镇带来了福音,滨州引黄兴利事业发展 40 多年来,黄河水源源不断地滋润着滨州大地。

滨州沿黄河 300 多万人口、500 多万牲畜的饮水问题都离不开黄河。

因为引来了黄河水,100 多家大中型企业得以在滨州土地上扎根生长。

引黄济津工程建成之后,1981年和1982年两年之内,黄河就有8.5亿立方米的清水被输入到天津市。

这不仅解了天津市缺水的燃眉之急,而且成为当地经济发展的重要支柱。

黄河使常年受缺水难题困扰的天津市不仅恢复了元气,还增添了无穷的活力。

同天津一样,随着社会经济的发展,青岛市同样感到"干渴"。

因此,国家就顺理成章地想到了引黄济青工程。而且同时想到引黄济青中,也要给沿线人民带来很大的利益。

所以,引黄工程就要把黄河的淡水输送到最需要的地方去。

开工伊始,济南军区即调集5000余名官兵率先参加了桃源河改道工程。

市区的大中学校师生也主动利用星期天参加义务劳动。

水电部五局一分局承担棘洪滩水库建设任务后,分别从河北岳城水库、唐山引滦工程、山西张峰水库、东北吉林热电厂、烟台开发区等工地抽调精干力量参加施工。

青岛地质矿产局组织的第四地质队、第五探矿队、水文地质总站和区域地质调查队,每天工作15个小时,为棘洪滩水库、市区输水线路及白沙河净水厂、蓄水池建设提供了可靠的工程设计资料，为全线同时开工赢得了时间。

山东省水利勘测设计院测量队、山东省治淮安装工程队也为青岛段输水河线路施工放线和亭口泵站的建设作出了贡献。安徽省合肥市省建水泥制品厂、河北省保定水泥制管厂、北京第二制管厂优先为青岛制作了优质大型水泥管3400根，计17公里。

市内各县、市、区承担的工程，更是派出了精兵强将，投入各项任务之中。

设计组攻克设计施工难题

1984年7月，根据中央和省委、省政府各级领导的历次指示，山东省水利勘测设计院作为引黄济青工程的主体设计单位，承担了该工程的大量勘探、测量与规划设计工作。

引黄济青工程是"七五"期间山东省的重点建设项目，是山东省第一个远距离、跨流域、跨市地的调水工程。工程具有规模大、战线长、项目多、数量大、工期紧、施工难等特点。

承担此项工程初步设计的是山东水利工程勘测设计院和上海市政工程设计院。他们深入现场，详细考察，很快完成了引黄济青工程方案的初步设计。

引黄济青工程与其他引水工程相比较，有两个显著的特点：一是黄河水的含沙量比较高，在引水时必须处理好泥沙问题；二是引黄取水口地处黄河下游，来水量受上中游的用水量影响较大，灌溉季节与非灌溉季节的中上游用水量的不同导致下游的来水量也不相同。

对此，引黄济青工程方案的初步设计中考虑了以下几项原则：

一是搞好泥沙处理。要做到不能淤积输水

管道，不能造成沉沙池周围土地沙化，不能影响黄河本身的冲淤规律。

二是采用短时间、大流量的供水方式，避免与农业争水。每年的 4 至 6 月正是春灌期，此时黄河水量较小，不宜引水，而冬春季节适宜引水与输水，把水库灌满，然后再全年均匀地供水。

三是尽量减少水质污染。引黄济青工程是为青岛市供水的，水质要求较高，所以沿途输水必须采取工程与行政管理措施，采用专用渠、管输水，保证水质达到饮用水标准。

职工们以能为引黄济青工程作出自己的贡献而感到光荣。引黄济青输水河线路设计组便是在这种情况下组建起来的。

无声的命令在告诫人们，行动刻不容缓，必须快马加鞭，要以争分夺秒的革命干劲去抢、去挤时间，保证按时或提前完成各个设计阶段的具体任务。

这个设计组早期由 12 人组成，其中有高级工程师一人，工程师 6 人。自 1984 年以来，他们一直在夜以继日地进行着紧张而又艰巨的工作。设计组的办公室，晚间常常灯火通明，有时甚至通宵达旦。

这儿不是战场，但紧张的工作气氛却胜似战场。现实生活就是这样，为革命献身的精神，可以在那血与火的斗争前线表观出来，也可以在和平建设的环境中得到体现。此时此刻，他们正在这引水工程的战场上奋力拼搏。

这个设计组不但能各自为战，出色地完成个人所分担的任务，而且更能发挥集体的聪明才智。

在工程建设的初期，他们以最快的速度，在科学分析的基础上，参与按时完成了《山东省引黄济青工程可行性研究报告》《山东省引黄济青工程设计任务书》和《山东省引黄济青工程初步设计》等阶段输水河线路的规划设计任务。

以后又相继单独完成了《山东省引黄济青工程输水河工程施工图设计》《山东省引黄济青工程输水河衬砌工程施工图设计》《山东省引黄济青工程桃源河改道工程施工图设计》《棘洪滩水库库外排水工程设计》《山东省引黄济青工程交通道路设计》等8套设计文件，总计130余万字，设计各种图纸350余幅。

完成这些工作量，如按一般程序正常进行，少说也得2.5万个工日，但由于全组密切配合，共同努力，结果大大缩短了设计工作的周期，保证了各个阶段施工任务的顺利完成。

引黄济青输水河线路全长250余公里，涉及4个地市，上下游左右岸各方面的需求关系相当复杂。进行这样一个跨流域的大型调水工程规划设计，无异于是在做一项重大的系统工程研究。

在初步设计和施工图设计阶段,每一项设计指标的确定,设计组都需要做大量的分析比较工作。遇到某些特殊情况,他们总是本着技术可靠、经济合理的原则,根据上级的有关指示精神,同建设单位与施工单位在现场进行反复协商,力求妥善解决,不留后患。

设计组的工作信条是:

干工作,不仅要对人民群众高度负责,而且要有全面创优的雄心壮志。不干则已,要干就一定要干出个样子来。

他们瞄准20世纪80年代的先进水平,要争取拿到国家级的奖牌。设计人员心里是这样想的,在具体工作上也是一步一个脚印这么干的。

由于各个河段的工程地质与水文地质条件差异很大,在衬砌设计中对排水、防渗和防冻胀等几项主要技术均需相应采取不同的对策。

他们在做排水流量计算时,结合工程实际情况,先将线路分为61个河段,用以确定需要设置逆止式集水箱的间距与个数。根据沿线各地不同的气象条件,又将线路分为56个河段,统计分析了数以万计的气象资料。

据此算得沿线不同走向渠道各个阴阳坡面的冻胀深度,用以确定铺设聚苯乙烯泡沫保温板的厚度。

根据沿线河床的岩性、渗透系数、地下水埋深、渠道的设计断面和边坡的开挖情况，他们把输水河再分成98个河段，按实际需要做出精心安排，分别采用了8种不同的渠道衬砌形式。

为了解决利用原有河道输水能否满足设计要求的问题，设计组还专门派出人员会同省水科所，进行了重点河段的渗漏观测试验，并取得预期的效果，解决了在设计工作中一度有所争议和不大放心的问题。

通过多年的实践，渠道衬砌设计中的渗漏问题已随着塑料薄膜的广泛使用而求得较为理想的解决。

但在排水与防止冻胀等方面，当前仍存在着若干尚需进一步研究的问题。设计组在工作中经过多方比较、科学论证和系统研究，终于取得了不少新的进展。

他们精打细算，为国家节约每一分钱，在有限的投资范围内，大力推广使用新型建筑材料，设计具有引黄济青工程自己的特色，体现出了20世纪80年代水利建设的先进技术水平。

随着我国化纤工业生产的迅速发展，一种由高分子聚合物材料制成的针刺无纺布当时在国外普遍使用。国内在交通、冶金、军事工程和市政建设等领域中也已开始使用这种材料，但在大型水利工程建设中将这类材料大量应用于衬砌工程，国内尚无先例。

由于这种材料具有强度高、投资省、耐老化、易于施工的特点，并有很好的排水反滤效果，不少工程界人士认为：土工织物的普遍使用，是近代岩土工程领域的一场技术革命，今后的发展前景十分广阔，大有取代传统沙砾滤料的势头。

为了推广使用这一新型建筑材料，设计组通过深入细致的工作，消化吸收了国内外这方面的已有经验之后，冒着冰冻三尺的严寒，到现场分段采集土样，又到各厂家了解生产情况。

他们将各河段的典型土样与拟选用的土工织物样品送请国内具有高检测水平的单位进行各种不同组合情况的测试，选择符合衬砌设计指标要求的土工织物产品。

为避免厂家在批量生产过程中可能疏忽质量的情况发生，施工期间，设计组还派专人进行了产品的抽样检测工作。

初期设计中，人们对冻胀问题一直疑虑较多，鉴于以往某些工程中因冻胀未能妥善解决致使衬砌工程屡遭破坏的情况时有发生，设计组像对待使用土工织物一样，对打算采用的聚苯乙烯泡沫保温板材料也是慎重搜集样品并送请有关单位认真进行了检测，在证明性能的确可靠之后，才决定大量采用的。

由于地下水位较高，在全线需要衬砌的201公里的输水河段，应当采取排水减压措施的河段就有133公里之多，这是衬砌工程设计成败的关键所在，必须设法寻求较为理想的处理办法。

为此，设计组拟订出4种排水方案，并且从技术、经济以及今后的运行管理等方面权衡利弊，经过优选比较，最后淘汰了其中两个一次性投资较多，且在近期一时又无电源保证的方案，而采用了既能有效地降低地下水位、减少浮托力，又可避免工程设施在长期运行中逐渐产生淤积的暗管排水与透水砼板排水两大排水系统。

为了研制暗管排水系统中的主要部件逆止式集水箱，耿福明等人冥思苦索，图纸画了一张又一张，模型制作了一个又一个。

功夫不负有心人，经过几番周折，他们终于将逆止式集水箱设计成功。鉴定合格后，立即委托专门厂家进行批量生产，并在输水河全线普遍推广使用。

在5年多的时间里，设计组始终保持着一丝不苟、精益求精的好作风。他们编写的设计文件要反复校对多遍，对一个错别字一个标点符号或是某个参数的上下脚码等，也都是严格要求，从不马虎，因而文件的差错率减少到最低程度，是全院当时公认的第一流水平。

他们绘制的各种设计图纸，除少部分线条是用手工精心描绘的以外，图中各种文字都用"透明注记纸"植字以后，再逐个剪贴而成。

酷暑盛夏，汗流浃背，他们屏住呼吸、小心翼翼地用小镊子夹起那些薄得几乎难以量出厚度的字片，将其准确地贴在底图上，其操作场面俨然像工艺美术家在加工艺术作品一般。

一些施工单位来拿图纸时，都跷起大拇指夸奖："到底是省水利设计院出的图纸，质量就是过得硬！"

技术人员战斗在勘测设计第一线

山东省水利厅总工程师孙贻让在引黄济青工程上马伊始，就提出要把国内外先进技术充分应用于工程建设。

孙贻让不顾年近古稀，从工程的论证讨论到勘测、设计、施工，都亲自上阵把关，以确保把工程建设成优质工程。在他的主持下，工程采用了许多当时世界一流的先进技术。

各种世界先进技术广泛应用于引黄济青工程，不仅保证了工程的高质量，而且也提高了效益，节省了资金。

山东省引黄济青工程指挥部副总工程师王大伟，在引黄济青的方案提出后，便一头扎到了这上面，不断进行实地勘测，虚心听取各方面的意见，对设计方案进行了多次修改，使之更适合实际需要。

在工程建设期间，王大伟大多数时间都花在了工地上，为工程建设尽了最大的努力，被评为全国水利战线的劳动模范。

山东省引黄济青工程指挥部工程处人员担负着集管理、设计、施工于一体的任务，他们自始至终参加了工程建设的全过程。

工程处为了使工程高效率运转，他们不但引进先进的管理模式以增强对工程的宏观管理，而且还设计了工程的总体网络计划，使得整个工程从勘测、设计、动迁、开挖到地面上的建筑物及竣工验收等全过程，都纳入总体网络计划。

工程处处长汪峡率领大家外搞勘测，内搞设计。汪峡任引黄济青工程处处长时，分到他手上的大学生都得经过考验，他是这样的"强人所难"。

当然汪峡出的考题并不是在学校里一般的考题。他给每一个学生分配一个建筑物，让他们自己去搞设计，经过工程处的元老审批通过后，让学生自己施工，当"总工程师"。

这对于刚刚步入工作岗位的大学生来讲，的确有一点难以接受。但汪峡知道这对于他们今后的发展是有很大好处的。让学生对从实践到施工都有一个具体的认识，打下一个坚实的基础。

汪峡的这种做法，其实与他的经历不无关系。

1964年9月，刚刚从华东水利学院毕业的汪峡，从家乡上海来到山东省水利厅。

与当时许许多多的年轻人一样，虽然他的毕业设计是满分，但由于出身问题，他未能分配到科研单位。虽然当时的环境如此，他对此心里也有过不平衡，但是他还是去了。

刚参加工作的学生第一年不是坐办公室，汪峡也不例外，他被派到莱阳修水库。

当时的劳动条件与劳动强度让汪峡知道了什么是干

水利。他虽然是刚毕业的学生，但是仍然创造了好几项纪录。

抡大锤从8磅一直到20磅。那时为了赶进度，经常是在钢筋未扎好之前浇筑混凝土，为了使建筑物和设计的图纸完全吻合，他便用手在下边扶着。你浇你的，我扎我的。

1986年，引黄济青工程开工，汪峡被任命为工程处处长。他深知工程的难度：全长250多公里，跨流域、跨市地。但一捧甘甜的清水送入口中，他也知道工程带来的效益，并为此兴奋不已！

他们的工程处是集管理、设计、施工于一体的工程处。为了使工程高效率运转，他本人还承担了3个工程设计任务。他还开发了具有先进水平的工程应力计算的通用软件。

在引黄济青工程第一次通水前，为了保证工程成功开闸、如期通水，汪峡拿着计算器，沿着250公里长的输水河工地坐着吉普车跑了一个来回，一个闸门一个闸门地查勘、计算。

引黄济青这样的大型新建工程项目，按惯例，项目负责人应是具有相当资历的工程师。然而，这根"千斤大梁"竟破例让年轻的耿福明扛了起来。

耿福明没有辜负党和人民的培养与重托。他不仅能出色地完成设计任务，而且有很强的组织能力，把一个由老、中、青不同年龄层次组成的设计组的工作安排得井井有条。

耿福明作为线路设计组的负责人，他对沿线的各种情况都比较清楚，有些重要的技术指标数据，甚至可以用不着查看笔记本即可脱口给你讲出来。

由于耿福明业务熟练，别人工作中偶尔出现的差错也能在汇总时得到及时更正。

耿福明编制的计算各项规划设计指标的微机程序，使工作效率大大提高。

耿福明一年到头加班加点最多，有时出差上午才回机关，下午又有紧急任务需要马上起程。

耿福明一心扑在工作上，夫妻两地分居，连续几年都没有休够法定的探亲假期。孩子有病一年多，但他基本上没请过事假，全由妻子一人承担。

输水河在平度县境内有一段线路需要避开某部的军事设施，为此，省指挥部决定改线，并指示设计组于1986年12月19日赶赴现场，会同当地有关部门具体研究实施。

测量工作也同步进行，以便在现场尽快决定改线后的各项设计指标，保证不耽误1986年全线统一征地计划的完成。

12月25日，设计组白天冒着严寒，脚踩积雪，紧张地做了一天野外查勘，本应在晚上暖暖和和地休息一下，但又怕风雪干扰贻误战机，影响计划的完成。

晚20时许，耿福明不顾劳累，由县城出发到万家乡去取测量结果,汽车行至半路出了故障。

野外天黑风急,路上行人稀少,他便与司机将吉普车从乡间土路一步一步推至高平公路附近,在一位返回平度的小车司机的帮助下,经过几番周折,终于将测量资料取回,这时已是夜里23时多了。

耿福明只喝了口热水,驱了一下寒气,便又投入了紧张的夜战,同测量老工程师和锡森以及设计组的张皎峥、黄贻生等一起,对资料进行了核算与整理。当他们完成这项工作时,时针已指向26日凌晨2时。

为了弄清输水河沿线的各种复杂情况,院长沈家珠曾在1986年5月组织过一次历时半个月的沿线徒步查勘,不少人脚上都打了血泡,但一想到付出的这种代价能得到坐汽车走马观花难以获得的第一手好资料时,心里也就格外充实和舒坦了。

规划室主任高级工程师宋振福就曾在另一次引黄济青工程查勘中因过度劳累而突发心脏病,多亏及时组织抢救,才幸免发生意外。他在病情好转之后,又多次出现在引黄济青的工地上。

1987年春节前夕,泉城处处能听到零星的鞭炮声,家家户户都在忙着办年货,然而设计组却与水利厅铅印所一道,正在忙着赶印引黄济青输水河施工图设计。

他们白天相当紧张地干了一天,晚上又深一脚、浅一脚地踏着积雪去继续加班校对清样。

由于两家都在争分夺秒、全力以赴地抓紧这项工作,结果仅用了 9 天的时间，就将一份有 14 万字的设计文件赶印了出来。

根据勘测设计院有关职工福利方面的安排，设计组本应有几位老同志去长岛作短期疗养，但为了不影响工作，他们已连着两年主动放弃了疗养机会。

这个组的成员中，有的患有心脏病，有的患有胃病，有的关节疼痛，但他们没有一个"小病大养、无病呻吟"的，而是"小车不倒尽管推"。每当有这种安排时，他们总是异口同声地说："等完成了引黄济青工程设计，再去痛痛快快地休息一下吧！"

他们经常因为下班较晚而吃不上热菜热饭，而是吃着冷馍，想着工作，可他们觉得这样的日子很充实。

三、施工建设

- 棘洪滩水库的选址在桃源河上，要建水库，必须先改河道。桃源河开始改道，打响了引黄济青工程建设的第一炮。

- 在引黄济青工程的施工中，解放军表现出"特别能吃苦、特别能奉献、特别能战斗"这一人民军队所特有的英雄气概。

- 武振伟常说：引黄济青工程是国家重点工程，工程质量必须搞好，而保证工程质量的最好措施是选择好施工队伍。

引黄济青工程开工建设

1986年4月15日,春意盎然,山东历史上最大的跨流域调水工程引黄济青工程在胶县桃源河改道工地上破土动工。

同时,山东省引黄济青工程开工典礼大会在胶县桃源河改道工地隆重举行。

山东省副省长卢洪在开工典礼的讲话中说:

我省引黄济青工程已由准备阶段进入施工阶段。我们一定要发扬山东人民的光荣革命传统,以愚公移山的精神,顽强拼搏,艰苦奋斗,力争提前建成引黄济青工程,为"富民兴鲁,振兴山东"作出新贡献。

省顾问委员会副主任刘鹏在开工典礼大会讲话中指出:

引黄济青工程是党中央、国务院直接关怀下的一项重大工程,中央领导同志对工程方案的确定、建设方针、施工要求等重大问题,都做了明确指示。

希望你们坚持"百年大计,质量第一"的

方针，精心设计，精心施工，反对浪费，厉行节约，做到少花钱，多办事，高质量、高标准地把工程建设好。

济南军区副司令员固辉在开工典礼大会上，代表济南军区党委、军区领导机关和全体指战员，对工程破土动工表示祝贺。他指出：

兴建引黄济青工程，不仅是山东人民的一件大事，也是我们济南军区的一件大事，责无旁贷，我们应该积极地进行支援。

军区希望参加施工的全体干部战士，以高度的政治责任感和高昂的革命热情，以愚公移山的精神，和地方干部群众携手并肩，团结奋斗，优质、高速、安全、低耗地完成人民交给的建设任务。

棘洪滩水库的选址在桃源河上，要建水库，必须先改河道。桃源河开始改道，打响了引黄济青工程建设的第一炮。

建设工期紧，施工难度大，是引黄济青工程的一个突出特点。山东省引黄济青工程指挥部为了使工程胜利完成，黄河水早日流进青岛，采取了"突出重点，分期实施，确保质量，渠成水通"的总方针，按照系统工程的要求，科学地运筹，进行重点控制、分级管理。

山东省引黄济青工程指挥部按照"分段干，各负其责"的原则，沿途各地、市分别负责完成不同的工程，并成立引黄济青工程各不同地区段的管理机构。

引黄济青工程从打渔张引黄闸到青岛市白沙水厂全长250多公里，途经4个地、市，10个县、市、区，具有引水、沉沙、输水、蓄水、净水、配水等设施，功能齐全，配套完整。

在保证率95%时，向青岛市供水规模为日净水量30万吨，在保证青岛用水前提下，可为工程沿线供水6400万立方米，向高氟区供水1100万立方米。

山东省引黄济青工程指挥部惠民分部负责渠首施工。1986年10月24日，引黄济青工程惠民地区段正式开工。

该段工程由渠首博兴县打渔张引黄闸起，经该县乔庄、庞家、纯化、陈户、湖滨、阎坊等乡镇进入东营市广饶县，境内长42公里。包括高低输沙渠、打渔张河改道、输水河开挖等。

由于渠首所在地紧靠黄河，地势低洼，地下水位高，加之渠道、河道纵横，地表水、地下水丰富，根据土方施工难度和不同工程部位的工期、工程量、取土场不同的特点，采取不同的施工方式。

18公里长的输水河工程，由于开挖、衬砌工程量大，战线长，为了不影响博兴县农业灌溉，只能利用灌溉间隙先开挖输水河，再进行衬砌。

博兴县近 3 万名群众自觉上阵，承担输水河开挖、衬砌工程。广大群众历尽千辛万苦，昼夜奋战，在春寒料峭的季节里掀起一个个施工高潮，终于高标准、高质量地及时完成了任务。

6 公里长的输沙渠，断面小，运距短，战线长，工期要求紧。

博兴县组织 11 个乡镇的 20 多万名民工和几十台推土机，人工上土，推土机碾压，采取人机结合的方式，半个多月就完成了任务。

山东省引黄济青工程指挥部在引黄济青工程建设中，一直把质量放在首位。

他们不仅建立健全了各级管理机构，而且还形成了严密的质量管理网络。曾先后进行 4 次质量检查，对于那些不符合规定的工程，全部推倒重来。

山东省引黄济青工程指挥部为了能够按期保质保量地完成施工任务，他们立了"高、严、狠、细"的标准，对施工队伍进行严格的审查。

同时，山东省引黄济青工程指挥部还大力引进竞争机制，实行严格的工程招标、包干等措施，分别落实施工任务期限。

当时，有 500 多家大小企业参加了投标，先后有江苏、天津、安徽等省及山东省内企业 200 多家夺标。

引黄济青的心脏工程是新水厂的建设，在这一关键工程的公开招标中，刚刚成立不到一年的江南建筑集团在几个回合的答辩角逐中,力战群雄,夺得标的。

江南建筑集团来自江苏镇江,是一个集科研、设计、建材、装潢、施工等为一体的综合承包建筑集团。

江南建筑集团一举夺标后,便千里迢迢扎营于青岛市郊的白沙水厂工地上。在艰苦的生活环境和施工条件下,他们顽强拼搏,迎难而上。

冬天的二级泵房施工,需要连续浇筑混凝土,不能间歇,夜里每两小时需提升一次模板。工人们硬是顶着严寒,在零下7度的野外作业,按期完成了工作任务。

在进行反应沉淀的施工中,因机械比较紧张,工人们采取肩挑手提的方式,日夜猛干,只用了半个月左右的时间就完成了1.8万立方米土方量的挖掘任务。

远离家乡、条件艰苦、劳动艰辛并没有影响江南建筑集团职工们的工作热情与干劲。

工地主任黄康南慢性疾病缠身,他仍然边吃药边工作。

一次,他在接到家乡来电,得知爱人负伤的消息后,尽管思乡想妻,却没有回家,仍然战斗在一线。

工地最年轻的施工副主任李平,已领了结婚证,尽管岳父岳母一再要求他立即回乡举行婚礼仪式,但他却回信道:"白沙水厂一天不通水,我就一天不回去!"

江南建筑集团将工程质量视为企业的头等大事,建立了层层质量监督的网络。

企业要求工长、质检员、施工员必须在工地上与工人一起上班，以便及时发现问题，就地解决。

不论施工过程中的哪个环节、哪个工作人员出现了问题，都要限期整改，绝不放过。

他们制定的工作任务单有3个不签字：

> 一是不符合图纸不签字；二是不清完料场地不签字；三是不经过工长、班长和专职质检员的检查验收不签字。

种种措施，保证了新水厂的施工质量。

在7500项测试中，有800项检测达到优良，在120米长的反应沉淀池的池面施工中，规范设计要求误差5厘米，工人们却干出了误差只有1.7厘米的绝活。

1989年11月25日，惠民地区段工程竣工，正式向青岛市送水。

工程完成后，可为青岛市增加日供水量30万吨，向沿线供水6400万立方米，向高氟地区供水1100万立方米。

青岛市市长俞正声代表青岛市人民对他们给予高度的评价，认为他们堪称"全国第一流"。

万名指战员改建桃源河

1986年4月15日，引黄济青第一期工程破土动工。当时，济南军区经中央军委批准，派了近万名指战员，带着各种机械车辆，从豫中平原大地、沂蒙山区、胶东半岛，千里跋涉，日夜兼程，赶赴桃源河。

桃源河改道工程是引黄济青工程的第一期工程。桃源河过去并不为人所知，甚至在全国地图上也找不到它的名字。

引黄济青工程施工建设中，人民解放军及各界群众都积极支援工程建设，他们以"引黄战士艰苦创业中其乐无穷，引黄济青为民造福功在当前福及子孙"勉励自己，谱写了一支支令人难忘、撼人心魄的奉献之歌。

在引黄济青工程的施工中，解放军表现出"特别能吃苦、特别能奉献、特别能战斗"这一人民军队所特有的英雄气概。伴随着战士们的劳动号子及机器的轰鸣声、马达声，桃源河这条小河就特别引人注目了。

桃源河改道工程的施工工地过去是涝洼地，长满了草、芦苇根。地下水位比较高，挖到一米深就只能站在水里作业。在这种情况下，要赶在汛期之前完成施工任务，难度就比较大。困难考验着广大指战员。

1986年4月中旬，济南军区政委迟浩田和副司令员固辉来工地看望奋战在一线的指战员们,鼓励他们发扬军人的革命传统,为人民造福,为部队增光添彩。

广大指战员发挥敢打硬拼的顽强拼搏精神,不怕疲劳,连续作战,昼夜战斗在工地上,在劳动中铸造了钢铁般的意志和坚忍不拔的毅力。

当时,营、连之间展开劳动竞赛,战士们用小车推土筑堤,每次往返400多米,每人每天推八九十趟,光跑路就达四五十公里。他们的手上磨出了许多水泡、血泡,肩上背上勒出了很多条血痕。

在工地上最引人注目的竞赛要数二营五连的"龙虎斗"了。

这个连指挥排的电话班,因常年翻山越岭,人人都有一副棒身板,特别能吃苦耐劳,被称之为"虎班"。

而这个连一排的一班,因往年在援建胜利油田的建设中作出了突出贡献,被誉为工地上的"一条龙"。

在工地的劳动竞赛中,这两个班开始了争第一的竞赛,谁也不服谁,各有高招。

"龙班"班长特别注意在提高劳动效率上做文章。

他把全班分成小组,3人一辆车,人换车不换,吃饭休息也是轮流接替,提高了进度。

"虎班"的战士们身强力壮,他们充分发挥其体力强的优势,挖土如同猛虎扑食,推车犹如猛虎下山。

两个班各有所长,全都打破了施工部队挖土方的纪录。往往不是今天"龙班"取胜,就是明天"虎班"第一，战士越干越有劲，劳动竞赛开展得如火如荼。

在这期间，有 100 多人推迟探亲，有许多干部战士带病工作。他们全身心投入到工地，从不因个人与小家的事情而影响工作。

某部五连四班班长王得宝，突然接到了从遥远的沂蒙山区发来的加急电报，电文中的"父病故"几个字，惊得他一屁股坐在了泥地上。

班里的战士都知道，这是他第二次接到这样不幸的消息了。

早在王得宝参军不久，他母亲便因病离开了人世，谁知现在他父亲又突然去世了，巨大的悲痛使得这个壮汉泪如泉涌。

在首长和战友们的催促下，他回到老家奔丧。

乡亲们纷纷劝他退役回来照顾家，王得宝谢绝了乡亲们的挽留，办完丧事，他立即返回了部队，参加工程建设。

被誉为"特别能吃苦、特别能战斗、特别能忍耐、特别能奉献"的工程劲旅海军北海舰队工程指挥部，也参加了引黄济青工程的施工建设。

这支部队常年转战大江南北，曾出色完成了 60 多项国家和地方重点工程的援建任务。

在参加引黄济青工程建设中，由于施工点远离市区和村镇，官兵们没有水吃，只好在混浊的河道边挖水坑，蓄水饮用。

在引黄济青工程施工的 3 年多时间里，官兵们喝了 3 年的苦水，住工棚，睡地铺，风餐露宿；顶烈日，斗风雪，冒严寒，露天作业。

当滔滔黄河水流入青岛时，山东省委、省政府将一面"引黄济青造福人民"的锦旗赠给了这支英雄部队。

征战引黄济青工程的解放军指战员们，就这样用他们的智慧和汗水，战斗在引黄济青工地上，创造了一个又一个奇迹，演绎了一场又一场惊心动魄的大会战场景。

广大指战员经过一年的艰苦奋战，克服了风化岩、流沙等复杂地质带来的困难，终于使桃源河段改道工程首战告捷，提前 10 多天完成任务，达到一次验收合格，为整个工程的顺利进展创造了条件。

修建大沽河输水枢纽

1988年元宵节，挂在人们眉梢上的春节喜气还没有消退，临沂地区水利工程公司施工一队的前锋人马开赴大沽河畔，安营扎寨。

在丘陵连绵的胶东半岛上，有一条蓝线蜿蜒蛇行。它起源于招远县阜山西麓，流经招远、掖县、栖霞、莱阳、莱西、即墨、平度、胶州、崂山9个县市，最后注入齐鲁咽喉胶州湾。这就是胶东第一大河大沽河。

大沽河流至胶州市境，进入下游，河面开阔，比较平缓。中小高村和矫戈庄之间河段，状如弯弓，夹以两岸郁郁葱葱的林木，风光秀丽，让人流连忘返。

大沽河输水枢纽工程，不仅倒虹管道之长为引黄济青工程全线之最，而且是唯一的集输水河工程、大沽河引水工程和交通桥工程三部分为一体的枢纽工程。

省引黄济青指挥部经过慎重研究，决定以临沂地区水利工程公司施工一队为主体，胶州市水利工程公司为辅助，共同完成这项任务。

临工一队队长兼支部书记王洪宽说："原来我们并不想接这个任务。因为我听说大沽河汛期流量很大，地下水旺盛，同时桥、涵、闸合一，工程复杂，主体工程1989年6月份必须拿出来，时间太紧迫。咱想承包城阳那个隧洞。早先咱在临沂曾经打过 4000 米的隧洞，设备齐全，又有经验，拉过来干就是。可省指挥部不让，孙总说：'过年 3 月不见眉目，我就打你的屁股。'"

王洪宽当时已经 59 岁，他出生在潍坊，毕业之后，分配到济南，请调去临沂，四海为家，一直乡音未改。

他作为临沂安装队的开队元勋，沂蒙 10 大水库，处处留下了他的业绩。

钱正英部长赞誉过的会宝岭渡槽，技术指导就是他，而当时他仅是个年轻技术员。

到了引黄济青时，王洪宽已经拥有一大堆头衔：队长、支部书记、高级工程师、省水利厅先进工作者、临沂地区劳动模范。

10 天过去了，他们按兵未动。

20 天过去了，他们按兵未动。

30 天过去了，他们仍按兵未动。

清明节后，省引黄济青指挥部孙贻让、张孝绪副指挥和青岛水利局柏昆仑副局长一行沿线检查抵达这里，他们一看急了眼。

孙贻让说："潍河倒虹工程，省安装总队搞了两年。那才 450 米，可这儿 658 米，而且是三位一体的枢纽工程，你还不动？整个引黄济青工程定在 1989 年国庆节通水，你误了大事咋办？"

王洪宽笑了笑，回答："现在开挖，沙土势必堆成一条拦河坝，汛期一来怎么办？不是要给冲平？秋天还得重返工。"

王洪宽讲述了这些理由，指挥部一行放心离去了。

其实，王洪宽心里并非像他说的那样轻松。

早在1987年冬，王洪宽就专程赶赴大沽河现场查看情势。隆冬腊月，正逢老天爷刮大风，黄沙打着旋儿翻卷，如道道金蛇在河床里狂舞。

王洪宽登上高高的大堤，放眼对岸，沙尘莽莽，一片模糊，心底不由得一阵担心。跟大沽河打交道，这还是头一回，不摸底细。一怕地下水脉过旺；二顾虑工程量大，光土方就20万立方米；三担心汛期来得早。万一考虑不慎，影响全局，干系重大。

王洪宽毕竟是有着四十年经验的老水利人。他把各种可能出现的情况作了最坏的估计，一一考虑了应变方案，最后打定主意：先不忙动手，汛期过后再干。

10月3日，他们正式动工破坝。

他们把全队分成6个作业组，定时间，定任务，定人员，定质量，分段包干。工期延误一天，罚款20元；提前一天，奖励20元。责任明确，赏罚分明。

管理人员全靠上去，边干边指挥。各作业组工序衔接紧密，一环扣一环。

3台推土机，1台挖掘机，290马力全披挂上阵。机手们端坐驾驶台，一天下来，机体剧烈的颤抖颠得人骨架都要散开，何况再加班一个深夜。

24岁的推土机手赵健民，眉清目秀，一表人才，家里有个美丽的未婚妻，两人谈恋爱已经两年。

临来时，未婚妻千嘱咐万叮咛，要赵健民常回去看看。他满口应承，可是一旦开工，什么都置之脑后了，结果未婚妻愤然离他而去。

赵健民把失恋的痛苦深深埋在心底，转化为疯狂的干劲儿，倾泻在操纵杆上。

腊月二十一午夜，施工到23号管，大沽河水由此引入深达8米，多面受力，复杂异常。如不能及时完成，既影响引水闸施工，也影响出水闸施工，是整个工程中关键的一环。

天气预报广播，明天是好天气，混凝土组决定抓住有利天时打一个歼灭战。

作为先行，他们必须把木模立好，把钢筋绑扎完。配合默契的木工组组长郝永生和钢筋组组长赵福武，率领各自的人马连夜突击。

长夜沉沉，寒风刺骨，温度计水银柱指向零下10多度。戴手套操作不方便，赤手接触铁丝钢筋，不一会儿就疼痛难忍。大家咬紧牙关，加速动作，变疼痛为麻木就没事了。

2时，木模全部立好，23.5吨钢筋也绑扎完毕，8天的任务5天就完成了。

王东带着他的同事上阵了，由于混凝土极易凝固的性质，决定了这个组独有的施工特点，浇筑必须一气呵成，否则将出现冷缝。

每节涵洞 120 立方米混凝土，整整需要浇筑一昼夜。

队部曾考虑两个组交替，那就要增加 40 个人，还要花费资金多建一些工棚。

他们提出，不用替换，一昼夜干下来再休息。24 小时不停歇，那不仅仅是拼力气，那是拼命！

王东是安装队的元老，他不善言辞，只知实干。他有 4 个孩子，3 个上学，大女儿随队干临时工。6 亩责任田，妻子又不慎骨折，生活艰难可想而知。王东把苦咽在肚子里，从不影响情绪。

还有胡东江、夏宗河两位老师傅，已退休在家，又返聘回队，派在关键的工序上，掌握振捣器。60 岁的人了，跟小伙子一样干，还整天乐呵呵的。

科长王功宣，以及分管控制、质检、混凝土、砌石的 4 名技术员，都是水校科班出身的毕业生，具有活跃的思维和良好的业务素质。

别看他们活泼好动，工作起来可是扎扎实实，一丝不苟。从某种意义上说，工程质量的好赖就取决于他们，一丁点儿松懈和马虎都可能造成严重后果。

为保证如期竣工，过完春节，队部提出 3 个月不准请假。别人都好说，他们中有 3 个人春节前刚刚结婚，可他们一声没吭。工地离不开他们，他们也离不开工地，保质保量，加速施工，争取早日凯旋。

"百年大计，质量第一"，这一直是临工一队的口号，也一直是他们奉行的宗旨。

这里的每一节涵管，每一道止水橡皮，每一孔闸门，每一方砌石，都完全按照设计要求，严格施工，一丝不苟。

为工程负责，为施工队的声誉负责，为国家事业和人民利益负责，就像钢筋混凝土，牢牢浇筑，并且凝固在他们每个人的心目中。

建倒虹管，原来通用木排架，一次用完，曲胀变形，到最后废料一堆。

他们考虑："可不可以用钢排架取代？"

经权衡比较，钢排架造价要贵些，但是可以多次使用。遇有尺寸增减，只需加以切割或焊接即成。算起来，比木排架节约得多。

他们花高价买了20多吨角钢，做成大批钢排架。仅此一项，就节约木材300立方米。

1989年4月22日，枢纽工程的主体胜利竣工。

修建引黄济青棘洪滩泵站

1988年4月,一份份文件堆在山东省治淮建筑安装工程处党委书记朱玉典的案头,一本本剪贴摊开着,而其中,棘洪滩泵站的资料摆在正中间。

朱玉典眉头紧锁,他嘴角的香烟还没有抽完,就又续上一支。如同飞旋的螺旋形烟圈一样,他的思绪旋涡也一圈又一圈扩展着。

整个上午,朱玉典就这么端坐着,他想了很多,也想得很远,但又似乎什么也没有想。

管理的核心是决策,成败的关键也是决策。而当时,苦苦困扰着朱玉典的,正是退还是留在棘洪滩的决策问题难下决断。

引黄济青是省重点工程,国务院和省政府曾经多次下令要求于1989年10月通水。

由于种种原因,棘洪滩泵站比其他3个泵站晚建一年。有权威专家说:合理工期为30个月,纵然是力量雄厚的施工队,没有两年时间也难以完成。

而当时,距离截止工期满打满算也不过18个月时间了。3月中旬,他们从省里把任务抢到手,刚安营扎寨,却传来指令:即日撤出,改由一支由洋设备装备起来的国家队接替。

更让朱玉典焦虑的是，就连当初支持他们接受任务的省厅领导及老总们，也几次动员他们迅速撤出，并许诺他们改建其他工程。

朱玉典想：如果留下来，真是不能如期完工，赔偿损失、声誉扫地、法律责任，这些还都是些关系单位和个人的局部问题，但贻误了中央的战略，损伤党和政府的威望，挫伤青岛人民急切盼水的情绪，才是事关全局的大事啊。

朱玉典又想："摸着石头过河，还是撤了吧。"他痛苦地闭上眼睛，把额头枕在手背上。

思绪像放开闸门的洪水涌来：那任凭水淹浪激却岿然不动的崂山水库溢洪闸，打着呼啸腾起巨浪的黄河水，乖乖地流入胡家岸放水闸，就如同一条彩带扎在烟波浩渺的微山湖上的红旗闸……

30年来，齐鲁江河湖海的120多项水利工程，就像座座丰碑矗立在眼前。

接着，朱玉典眼前又出现了头发花白的老工程师，刚走出校门的学生，经验丰富的老工人，他们列着雄赳赳的队伍向他走来。

这些困在棘洪滩上的硬汉子们，断炊之饥可忍，无水之渴可耐，却唯独咽不下这口气。

朱玉典嘴里喃喃着："人是要有点精神的！"他重新昂起头，两手揉搓着发痛的鬓角。他发狠地说："集体的力量将战胜一切！"

朱玉典立即赶到了水利部门，他向厅领导恳求，向总工程师保证。

厅领导、总工们都摇头不语。

朱玉典打起攻坚战，苦磨死缠。

他慷慨地说："我愿立军令状，以党籍担保！"

厅领导、总工们审慎地说："非同戏言哪。"

下午刚上班，朱玉典就把军令状呈上来了。

厅领导、总工们凝视着他们这位身架略显单薄的老部下。

他们也向省政府、国务院立下军令状：

棘洪滩仍由山东省治淮建筑安装工程处承建，届时不能竣工，愿受任何处分！

朱玉典听到这个消息，他这位战场上头部严重受伤也未曾掉过一滴泪珠的血性汉子，也禁不住两眼模糊起来。

4月中旬，胶州湾畔的棘洪滩，处处长满了野花，水泽中一片片滩涂。

而座座工棚、猎猎红旗和人群，冲淡了这里的凄凉和荒寂，给这块处女地带来了希望和生机。

首先召开"为人民争气""为青岛人民造福"的誓师大会，随后，战斗开始了。这是一场恶战！

有一天，朱玉典同工程处副主任、高级工程师徐宝庆进行了一次严肃的谈话。

朱玉典说："徐主任，你去棘洪滩泵站做责任工程师吧。"他手指夹着香烟，但半天没抽，充满期待和信任地看着徐宝庆。

徐宝庆梳理得很整齐的黑发里夹杂着些许银丝，棱角分明的脸上没有一丝表情。他不停地掏出手绢，擦着额头上不停渗出的汗珠，可以看出，他内心在作着激烈的思想斗争。

徐宝庆是与工程处一起成长的，20世纪50年代中期，当工程处筑下第一个桥闸时，他还是刚走出校门的技术员。从此，山涧野岭留下了徐宝庆的足迹，他逐渐成长为一名经验丰富的水利专家。

但是，像棘洪滩泵站这样高技术短工期的工程，徐宝庆还从来没有碰到过。

前些日子，当大家商讨退还是留的时候，徐宝庆从技术角度出发，已经表明自己的态度。工程定下来后，而且决定要留下他，他心中却不由想得太多了。

最后，徐宝庆下定了决心，他说："我相信集体的力量！"既然集中全处最优秀的人员、最良好的机械，决定打下这个重点战役，作为技术老总的他当然不甘落后，他对朱玉典说："让老马也来吧！"

老马是徐宝庆的爱人，她是处医务室的主治大夫。

朱玉典大喜过望，他紧紧地握着徐宝庆的手："谢谢你，一个四五百人的工地，确实得有个高明的大夫。"

于是,徐宝庆、老马还有他们的小儿子,全家几乎都上了工地。

徐宝庆夜以继日地投身在工作中,他查看、校正图纸,倒排出工期,任务落实到天、小时。他深入工地,讲解每项工作的特点、方量和要求。

5万立方米的基坑开挖提前结束了,而更为艰巨的近两万立方米的电机层灌注又开始了。

生料、运输、振捣等有条不紊地进行着,设备员、实验员、质检员、安全员各就各位,徐宝庆也紧张地巡视着、指点着。

但是,8月的天说变就变,刚才还是落日余晖,刹那间,乌云就像海浪般奔涌出来,雨点劈头盖脸砸下来,整个工地笼罩在白茫茫的雨幕中。

徐宝庆被淋得喘不上气来,他大声喊道:"停工!现场避雨!"

看着人们纷纷躲进了草棚,徐宝庆和其他工地领导才身贴着墙沿,紧急商议下一步的对策。

徐宝庆果断地说:"今日事今日毕,下刀子也得干完!"他接着说:"如果停工,拖后工期不说,还会出现冷缝,影响质量。"

张继祥是一个头发花白、走南闯北的老水利了,他主动请缨来泵站当总指挥部的工程处主任,他支持徐宝庆的意见。

刘队长说:"我去通知伙房,准备夜餐!"

王书记也说:"我去开扩音器,给大家说说!"

他们两人一前一后冲进雨中消失在夜色之中。

雨声还在不停地响着,徐宝庆又走向了工作台。

顿时,拌和机、卷扬机轰鸣,斗车、运输车奔忙,振捣棒也有节奏地抖动起来。

老天似乎有意和人们作对,刚刚探出脑袋的星星隐没了,工棚上的席片、苫子、雨毡被风吹得直响,在强烈的灯光下,阵雨就像银色的飞箭,从天上急速地射下来。

徐宝庆一手叉腰,一手抹着脸上的雨水,仰天望着雨夜,不禁豪兴勃发地吟道:"风摇扇,雨冲凉,劝我小憩,以充饥肠。"然后大声呼喊:"开饭!"

老马趁着人们吃夜餐的机会,她背着药箱,从一群人走向另一群人。

他们17岁的小儿子从一堵墙下冲过来搀扶着老马:"妈,小心脚下!"

老马爱怜地瞅着儿子,嘱咐道:"慢慢吃。"

儿子笑着说:"没事,我连吃了3个大包子。"说着又狼吞虎咽起来。

老马的嘴角露出了微笑。

在一座滴着雨珠的草棚下,老马看到了一口一口喝汤的徐宝庆,她走了过去。

拥挤在徐宝庆周围的人们立即在徐宝庆一旁让出一块地方,并说:"马大夫,你也歇歇吧。"说着有人捧来一碗三鲜汤。

老马一边询问大家的身体状况,一边递给徐宝庆几粒药片。

徐宝庆问:"有多少人不舒服?"

老马回答:"只有五六个。"

徐宝庆将药片吞下,他瞧了瞧夜空越变越细的雨丝,顺手抓起一根木棍递给老伴说:"你走好,老天又催我们开工了。"

老马回到医务室,她也吞下几片药,就埋头写起了预防痢疾的稿件,然后等着散工的人们。

徐宝庆血压高,老马自己心脏也不好,但既然立下了军令状,工程就需要他们,工人们也离不开他们。工人们还有个上下班,而马大夫却是自己一个人从早到晚连轴转。

工人们干的是体力活,难免磕伤碰破,马大夫就要为他们清洗、缝合、敷药、包扎。

夏天高温炎热,人们水土不服,胃肠炎多,马大夫要听诊、开处方、送药,有重病人她还要日夜观察护理。

有的家属病了,马大夫也得登门治疗。

预防痢疾、预防中暑、预防疥疮,都要以防为主,保护劳力,才能保证他们按期筑起高高的泵房。

马大夫一丝不苟地写着,她打算明天送给广播室,再贴到食堂门口去。

她一字一句地写着,纸上的字却一圈圈地变大了,后来变成一张娃娃脸，脸上还挂着晶莹的泪……

两个月前，马大夫刚从工程处开会回到家，大儿子就问："妈，您……还走吗？"

她平静地回答刚参加工作的儿子："办完事就回来了。"

儿子爬上床，将头别了过去。

老马掀开锅，空空的。她再拉开菜厨，酱油碗里散落着几根咸菜条，旁边还有几块张着干裂嘴唇的馒头。她再看厨房里，板、盆、筐、刀上蒙着一层灰。

老马一边手脚不停地忙活着，一边气愤地训着儿子："你都快20岁了，要学会独立生活。"

儿子猛地坐了起来："出门进门就我一个人，从这间屋走到那间屋还是我一个人，我受不了，太寂寞了。"说着，眼泪终于吧嗒吧嗒地落了下来。

老马看着高大的儿子像个小孩子似的委屈，她心里也不由一阵酸楚：唉，刚入林的雏鸟还恋着爹妈哪！

她拿过毛巾，洗净了擦着儿子脸上的泪痕："好儿子，这对你也是一种锻炼！一个人，一个单位要生存求发展，就得竞争奋进。爸爸、妈妈、弟弟都汇入改革的大潮中，家庭就得做出牺牲！"

……

1988年11月末，当棘洪滩泵站迈着巨人般的步伐，用8个月走完了其他3个泵站走了20个月的路程时，中央和省、厅领导们都给予高度表扬和热烈的祝贺。

朱玉典、徐宝庆一家连同大家着实热闹了两天，但随后，他们又投入了紧张的战斗中。

修建引黄济青潍坊段

1988年11月13日，引黄济青工程寒亭输水河工地上，北风卷着尘土，直吹得人睁不开眼睛。

迎风站立在大堤上的人群中，建设单位的技术人员和参加施工的乡、村干部，为了这段工程的质量问题，正争执不下。每个人都希望能说服对方，以证明自己一方观点的正确。

前来视察的潍坊市市长邵桂芳，看到这种情况，他指着身边一位身材高大的老人对大家说："你们不要再争论了，引黄济青工程潍坊段114公里的技术问题，由老总说了算，大家都要听他的。"

邵桂芳话一出口，大家立即停止了争论，都把目光集中到这位老者的身上。

那位满脸皱纹、被邵桂芳称为"老总"的人，就是引黄济青工程潍坊分指挥部的副总工程师武振伟。

从1978年起，武振伟就担任昌潍地区水利局副总工程师，他把毕生的精力都献给了水利事业。在潍坊市乃至山东水利界，一说起"武老总"，几乎是无人不知。

武振伟1926年生于青州，1949年7月参加工作，1950年来到潍坊。

40年来，武振伟踏遍了昌潍大地的山山水水，为潍坊的水利工程建设立下了汗马功劳。

1986年春天,武振伟担任了引黄济青工程潍坊分指挥部的副总工程师。由于没有正总工程师,他就成了潍坊段114公里工程建设的技术负责人。

当时,组织上考虑到武振伟已经到了离休年龄,问他有什么困难,他说:"论年龄我是大点,但我觉得还能干几年,活着就得干,我是共产党员嘛。"

引黄济青工程一开工,武振伟就一心扑在了工程建设上,虽然总工程师的位置不在第一线,但从工程开工起,他就把心放在了第一线。在工程建设紧张阶段,武振伟曾一个月有25天是在工地上度过的。

早在1984年,武振伟就参加了引黄济青的论证工作,向规划设计部门提供了许多有益的建设性意见。

工程开工后,武振伟又被推到潍坊段技术负责人的岗位上,这段时间,尽管他年事已高,在工地奔忙一天累得腰酸腿疼,但他仍然坚持了下来。

1987年春天,计划内的许多工程项目,因为设计图纸跟不上而迟迟不能开工,使潍坊段的工程开工率低得可怜。

设计成为牵动着工程建设全局的工作。指挥部专门召开了会议,商量由谁来抓设计工作。

会上,武振伟主动请缨,接下了抓设计工作的担子。

接下任务后,武振伟立即拟订计划,他要组织一个阵容庞大的设计网络,尽快扭转设计落后于施工的状况。

武振伟的计划被批准后，一个以市水利勘测设计室为龙头，以市辖各县、区力量较强的几个设计室为主体的单项建筑物工程设计一条龙形成了。

武振伟一方面经常到各工地了解情况，及时将各种信息传递到设计室，按照工程建设的缓急安排设计。

另一方面，武振伟以他丰富的设计工作经验，帮助各设计室进行设计选型。

另外，武振伟还亲自参加单项工程"三通一平"经费的核定、施工管理费标准的确定和设计审批等工作，力求使设计便于施工，工程预算合理，节省投资。

由于武振伟坚持不懈的努力，加上设计人员的辛勤劳动，设计图纸跟不上施工要求的局面很快改变了，并逐步减少了"边设计边施工"的现象。

1987年6、7月份，潍坊段本年度穿输水河倒虹工程大都已经开工，由于施工队伍素质差等原因，预制管质量出现了一些问题。

为了及时解决这些问题，武振伟一个工地接一个工地进行了调查，找出了质量问题存在的原因，他在指挥部办公会议上，提出了"加强穿输水河倒虹工程质量管理和技术指导"的建议。

武振伟的建议引起了各级工程指挥部的重视，使潍坊段的穿输水河倒虹工程质量有了较大提高。

在质量检查中，对于工程质量达不到规范要求的施工单位，武振伟的态度很坚决：一是坚决返工，二是帮助其出主意想办法提高质量。

邵吕沟倒虹工程由于施工单位技术力量弱，又没有正确认识到工程质量的重要性，预制管有4节达不到强度要求，武振伟到现场发现后，硬是要求施工单位将其当做废品处理。

施工单位自己担负由此带来的一万多元经济损失之后，武振伟又手把手地教这个施工队伍怎样配料、怎样立模板，使该工程返工后的质量达到了规范要求。

1988年春、秋两季，寒亭区输水河开挖工程两次出现程度不同的不合格现象，武振伟两次到现场督促返工。因此，他也和一些不坚持质量标准的人吵过，也得罪了一些人。

但武振伟不在乎，他说："心底无私天地宽。"

1987年夏季，有一个投资18万元的倒虹工程，当地负责修筑进场路的施工队伍竟提出要"三通一平"经费近20万元，超过了工程本身的投资额。

武振伟知道后，他敏感地意识到这其中有问题，就立即奔赴工程现场，亲自了解周围道路的状况，了解当地筑路工资标准。

道路泥泞，车开不进去，武振伟就下车步行，而后，他又进行了精确的计算，掌握了第一手资料，并做了大量的思想政治工作，协调好各方面的关系，争取到了当地群众的支持，最后只花了3万多元，就使施工队伍顺利进场。

武振伟常说的一句话是："引黄济青工程是国家重点工程，工程质量必须搞好，而保证工程质量的最好措施是选择好施工队伍。"

在工程建设中，有的县为了照顾地方利益，排挤外地施工队伍。

武振伟坚决反对这种不负责任的做法，他说这是一种狭隘的地方主义思想，一有这种情况，他就立即去制止。自己制止不了的，他就向上级反映。

有的人看武振伟这样认真，就劝他"少管闲事多养神"，但他坚决不，而且说这种事一定要管到底。

有的施工队负责人带着礼品到武振伟家里疏通关系，他都挡了回去。

在武振伟的一再坚持下，潍坊段的绝大部分工程施工队伍在雇用前都经过了资格审查，极个别不合格的上去了又被撤换下来。

1987年冬天，武振伟不顾天气寒冷和身体不适，和其他人一道奔赴潍坊市各县、区，认真地考查各个级别的水利施工企业，考查他们的领导素质，考查他们的技术力量和设备，考查企业的主管单位是否有保证能力。

武振伟常说："一个好的施工企业，要有3个合格的人，即一个工地行政负责人，一个技术负责人，一个质量检查员。这3个人都能认真负责，头脑清醒，工程就能建设好。"

在考查施工队伍时，武振伟特别注意考查人。由他为主考查后雇用的青州、临朐、安丘、高密 4 个县级水利三级建筑公司,虽然级别不够,但在 1988 年至 1989 年输水河倒虹工程中起了很大作用。

1988 年,临沂地区水利安装总队率先在利民河倒虹工程施工中,应用角钢支撑代替木支撑来支撑模板,模板牢固,移位小,而且安装、拆卸快,工效提高了 3 倍,施工质量也比木支撑好。

武振伟听说后,他连续到工地上看了多次,当他掌握了这项新工艺的制作、使用方法后,立即到其他工地上进行了宣传、推广,并积极建议指挥部领导为各工地提供方便,使潍坊段 1988 年至 1989 年施工的各大倒虹工程,都用上了角钢支架,大大缩短了倒虹洞身的工期,减轻了工人的劳动强度,稳定了倒虹混凝土工程质量。

武振伟的家住在潍坊市水利局院内,孩子参加工作后不在身边,家里 3 口人,他们两口和老母亲一起生活,年近 90 岁的老母亲卧床不起一年多了,需要有人照顾。而当时正是引黄济青最紧张的施工阶段,照顾老人的担子,就全部落到了同样年近古稀的老伴身上。

晚上回到家里,劳累一天的老伴总想唠叨武振伟几句,可一看到他满身尘土回到家里,心里的气恼和怨恨就都变为了爱怜。

1987 年 11 月,武振伟的老母亲去世了。

武振伟心里悔恨不已,恨自己天天在外奔波,没有能够尽到儿子的责任和义务。

1989年初,武振伟有一颗牙即将脱落,疼得他连饭都吃不下去,可他仍然坚持到寒亭输水河工地上,去处理质量问题。

与武振伟一起到工地的同事们都不忍心看他那痛苦的样子,纷纷劝道:"牙痛不算病,疼起来真要命!还是早点回家休息去吧。"

但武振伟一再坚持着,不愿意放下工作回家。直到问题解决了,他才匆忙赶到医院去处理那颗坏牙。

修建引黄济青平度段

1985年10月5日上午,平度县张家坊乡党委办公室里,平度县委副书记魏景瑞与一位县水利局副局长正围着桌子讨论着。

他们在一张平度县地图上,谨慎地画上了一道蜿蜒的长线。而后,他们两人与在场的8位沿线乡镇的党委书记一起,发出了会心的微笑。

仅仅三年半时间,这条长线便变成了55.18公里长的高质量输水河道。除去筹备时间,整个工期只有2年零7个月。

平度县水利局副局长姜秀廷最初参与了确定河道走向,并最终由他指挥了这项工程的实施。

姜秀廷生长在城关村一个农民家庭里,但他自幼没迷上种庄稼,却迷上了野外勘探和建设一类的工作。他从少年起,就渴望能做一名为祖国奔走于荒山野岭间的建设者。

1965年姜秀廷报考大学时,在"本人志愿"一栏里,端端正正地写下了"山东工学院水利系"一行字。后来他果然考中了!

1970年夏,姜秀廷背着薄薄的行李和厚厚的知识,回到了故乡平度县,开始将幼年的梦想变成现实。

姜秀廷先是在东北山区的尹府水库当了10年技术员，后来在双山水库又干了4年所长。

1984年，姜秀廷被任命为平度县水利局副局长，没过多久，他就接受了引黄济青工程的重任，又开始了野外奔波。

1985年9月，姜秀廷与副县长张兴国和一名技术员在青岛黄海饭店参加了"山东省引黄济青可行性论证会"，从那天起，他就与工程结下了不解之缘。

当姜秀廷领回战线拉得最长、工作最为艰巨的引黄工程任务之后，平度县委、县政府先后召开过多次专门会议，明确提出了"确保工程创全优"的口号。

为落实这一目标，姜秀廷与工程师们一道，大家废寝忘食，制订出了一整套科学的施工方案和完备的招标、奖惩、质量管理责任制。

有一家建筑公司中标施工第一期河道衬砌工程，在25公里长的线路上，由于缺乏施工管理经验，他们居然从开春一直干到三秋。

工期长是一方面，而且有的地段质量太差了。

姜秀廷一眼就看出了问题，他马上说："这活儿干得马马虎虎，而且还偷工减料了，不行！"

施工人员都知道这家建筑公司的头与工程指挥部有个人交情，以为姜秀廷发发火也就算了。

不料，姜秀廷浓眉一拧，作出决定：不合格的部分必须返工，并按承包合同规定，罚款1000元！

对方再三求情，但无济于事。晚上，有说客到姜秀廷家登门求情，但都失望而归。

该建筑公司只得认罚，缴上1000元作为教训，老老实实地按工程质量标准返了工。

为了确保日后河道的使用年限，水泥预制砌块的质量必须过硬。承建这些砌块的是县水利建安公司，该公司是平度水利工程建设的骨干企业。

按理讲，作为与水利局常年合作的企业，他们本应该把活儿干得漂漂亮亮的，但第一批砌块运到工地时，姜秀廷的眉头又皱了起来，他严肃地说："这些砌块达不到标准，不能上堤！"

有人笑着对姜秀廷说："姜局长，内外有别嘛。"

姜秀廷干脆地说："质量面前内外一样。你不尊重自然规律，自然规律就不尊重你，你想糊弄工程，工程肯定要报复你。没说的，返工吧。"

建安公司被姜秀廷一番斩钉截铁但却语重心长的话说服了，他们拉回了不合格的产品。几天后，便打了一个漂亮仗，送来的产品车车达标！

在引黄济青建设几年中，姜秀廷因为工程质量不过关而确实得罪过不少人，但后来说起来，大家都不记恨他。

指挥部党委多次搞党员评议，每次姜秀廷都得满分。

即使有人对姜秀廷严把质量关的铁腕做法一时不理解，但看着他经手过4万多吨物资材料和参与决策建起了3幢职工宿舍楼,而他依然住在城关村那4间老辈留下的旧屋里,看看开工前姜秀廷几十趟奔波于省城和县城之间的风尘仆仆的身影,看看开工后他几乎天天出现在堤上坝下的不知疲惫,大家也都理解了。

姜秀廷也并非都是见到差的就一罚了事,抓工程质量不是一味靠罚款,与罚并举的是奖。指挥部制定的奖罚措施,就像两个相辅相成的车轮,载着"质量"在时间的大道上疾驰。

由姜秀廷挂帅的质量检验领导小组,对工程质量实行定期检查制,并当即打分。95分以上为一等奖,90分至95分为二等,80分至90分为三等。奖金兑现,与流动红旗一并发至施工单位。

只有80分以下的才被罚款,一次不够80分的,罚!两次还不够的,停工整顿!3次依然不及80分的,对不起,只好劝你打道回府了!

1989年3月初,第二期30公里衬砌工程全面铺开。

姜秀廷率2000名民工大军决战于工地,杜进柱坐镇指挥部。

各施工单位按指挥部的统一部署,一方面对参建人员进行思想教育,强化质量意识,一方面用经济手段和施工管理制度保证工程质量,形成了人人重视质量,既当工程建设者、又当质量监督者的风气。

结果,仅仅用了100天,全线奏响了凯歌!

老农业干部杜进柱有句"名言",他说:"干引黄,要有鹰的眼,兔子腿,支个肚子,鹦哥嘴。"

杜进柱解释说:"搞这项功在子孙的大工程,要有像鹰一样锐利的目光,能一眼看出毛病来。要有兔子一样善于奔跑的双腿,不能老蹲在办公室里。还要会忍饿,因整天奔波在野外,别说按时吃上热饭,有时连冷干粮也啃不上,所以要支撑个肠肚。再还要有一张老是念叨着的嘴,要把上级的意图,'千里大堤溃于蚁穴'的道理,不停地讲给管理人员和施工人员听。"

几年来,姜秀廷和其他工程管理人员身体力行了杜进柱的这一名言,他们废寝忘食,努力工作,一面奔波于指挥部与工地之间,一面躲在避风的大沟里和民工们一起"风餐",连星期天也没有,却毫无怨言。他们的心思,全在"百年大计,质量第一"的工程上了。

1963年水利学校毕业的"老水利"张汇滋,就连名字都与水利有缘分。在工程中,他身兼双职:工程设计室主任,工程质量检验领导小组副组长。

作为前职,张汇滋带领设计室一班人马精心设计,并不断补充改进;作为后职,他一丝不苟地履行自己的责任,栉风沐雨,勤于奔波,不放过任何一点质量纰漏。

引黄工程平度段,共有泵站1座、倒虹23座、桥渠62座、分水闸4座、人畜用水管涵8条、排水涵管138个、管理站房屋建筑13座、衬砌河道53.33公里,其中,除河道中部的泵站由省指挥部组织设计并施工外,其余部分,全是平度人自己完成的。

由县里自己设计并自己施工,这在引黄济青工程全线是绝无仅有的。

来平度视察工程的水利电力部部长、副省长及青岛市的党政领导,对工程都感到满意。

1989年7月20日,青岛市委和市政府在平度县隆重召开了庆贺平度县引黄济青工程提前竣工的祝捷大会,省引黄济青工程指挥部和沿线的10个县、市负责人专程赴会致贺。

在会上,副县长、工程指挥部指挥王增晓代表平度县委、县政府,向与会各代表汇报了工程建设情况。

王增晓说:

> 为了把"引黄济青"建成具有80年代新水平的全优工程,县委、县政府从一开始就明确提出要"把质量管理摆到一切工作的首位,确保整个工程创全优"的战斗口号……

满面风霜的杜进杜听到这里,他想起为落实这一口号而做过大量工作,工程管理人员召开过20次质量会议,举办过12期施工人员参加的质量学习班。

而且,指挥部里设立了由姜秀廷副指挥挂帅的质量管理小组,各施工点还有一名技术员任质量检查员。正是因为有了层层定岗定职的健全的质量检查管理体系,全部工程质量才有了达标的保证。

王增晓的声音继续在整个大厅回荡：

我们按照"百年大计，质量第一"的要求，适应深化改革的新形势，狠抓责任制的建立和贯彻实施，努力做到用经济手段和法律手段管理施工……增强了技术人员、质量管理人员和所有参建民工的质量意识，使整个质量管理走上了制度化、规范化、经常化的健康轨道，提高了工程内在质量，消除了各类隐蔽质量事故。

姜秀廷静静地听着，他在想："用经济和法律两个手段'执法'时，自己是否太不讲情面？工作方式是否可以改一改？不，不行，质量是工程的生命，绝不宽容任何危及生命的疏忽！"

王增晓的发言声音刚落，热烈如潮的掌声便漫上主席台，漫出会议室，回响在辽阔的平度大地上。

掌声中，县委书记单承志和王增晓走上台去，代表县委、县政府接受了市委、市政府授予的锦旗。

平度县引黄济青工程指挥部两个副指挥杜进柱和姜秀廷也走上前台，代表指挥部全体人员接受了锦旗。

修建引黄济青寿光段

1987年岁末的一天，寿光县委二楼会议室里涌着一股热流，县委常委和县长联席会议正在紧张进行，中心议题是：引黄济青输水河寿光工段怎么干？

1988年，是寿光县经济建设的关键一年。刚开发的13万亩养虾场需要完善配套；60万亩盐碱地需要改良；35万吨盐田需要建设……这些工程都需要大量的人力、物力、财力，而恰在这一年，国家重点项目，即引黄济青工程建设也要付诸实施。

这次县委常委和县长联席会议，正是在这种情况下召开的。

虽然会前已经组织各路工程技术人员做了大量可行性论证，但与会者各持一见。有的认为，在这个节骨眼上，我们撇开自己的工程不干，去干别的，群众想不通；也有的认为，引黄济青是国家的重点工程，我们应该先以大局为重，干好引黄济青工程。

经过一番激烈的争论之后，人们的目光不约而同地集中到县委书记王伯祥身上。

王伯祥说："我赞同多数人的意见，拿出21个乡镇的劳力来干引黄济青工程，确保1989年建成通水；另外13个乡镇的劳力搞本县的建设项目。"

1988年元旦刚过，100人的规划队伍冒着严寒开进40公里的引黄济青沿线，开始了战前的勘察、测量、设计、划线、打桩工作。

历时50天，到腊月三十日，他们就拟订出由寿光广饶边界至宋庄泵站、宋庄泵站至弥河倒虹、弥河倒虹至寿光寒亭边界的3次施工建设的具体规划和施工方案，政策也一锤定音。

1988年春节后第五天，在一次战前干部动员大会上，大家纷纷报名请战，王伯祥站起来开始调兵点将："大家不要争了，我点名吧，精兵强将上前线，老同志留守搞后勤……"

2月10日，挺进引黄济青工程建设的号令发出了。

当天正值元宵佳节，家家的团圆酒成了饯行酒。夜半，一支支队伍走出村口，汇入通往引黄济青工地建设的公路上人与车的洪流。

羊益、昌大两条主要公路上，汽车、推土机、拖拉机、地排车、小推车、自行车载着粮草、铺盖和工具，浩浩荡荡向引黄济青工地进发。

整整两天两夜，车轮滚滚，人声鼎沸。原计划出15万人，一下子上阵了20多万！

多少村庄闭门锁户，多少家庭全家出动，准备结婚的姑娘小伙推迟了婚期，妻子分娩、亲人生病的请来了亲戚，老人陪子上阵，妻子随夫出征。

县委、县政府领导率先安营扎寨；县委书记、县长在两间破旧的机房中运筹、部署，指挥着整个战场；县委常委、副县长和各乡镇的领导者们，各就各位统帅着自己的兵马开始鏖战。21个乡镇展开了激烈竞赛。干部，民工个个鼓足干劲力争上游。

寿光县施工的输水河长达40公里，沿线水文地质条件千差万别。有的地段要下挖5至7米，有的需高筑5米，沿途还要建设泵站1座，倒虹吸16座，桥涵闸37座。

这一切要在一年多的时间里完成，的确困难重重，但是，困难吓不倒具有光荣革命传统的寿光人民。

初冬的深夜，风尘仆仆的施工员燕瑞连疲惫地走进工棚摇曳的灯影里，他轻轻地擦去儿子眼角的泪痕。望着熟睡的孩子，这个32岁的汉子，此时眼睛也湿润了。

儿子只有4岁，应该像其他孩子一样，睡在母亲温暖的怀抱里，可是眼下，身患绝症的妻子躺在百里之外的潍坊人民医院里，燕瑞连只好把孩子带到工地上，睡在这寒冷的工棚里。

在工程将要开工的时候，燕瑞连的妻子因重病住进了潍坊市人民医院。他懂得，施工中不能缺少施工员，强烈的责任心使他只在医院里待了两天就带着孩子上了工地。

领导看着燕瑞连一天天消瘦下去，就劝他说："去医院陪几天床吧，工作让别人顶着。"

燕瑞连摇摇头拒绝了。

副县长、工程指挥部总指挥王坤山，在工程上马后，天天住在工地上，常常忙得连饭顾不上吃。渴了，喝上一口白开水；饿了，他就啃上几口冷火烧。

指挥部原定10天一次的施工调度会改为一周一次，为了不影响施工，又都安排在晚饭后召开，几乎每次调度会都得开到深夜十一二时。

但是无论怎样，第二天，王坤山总是第一个走到工地上，继续紧张而又繁忙的工作。

在战前动员会上，县委领导就把副总指挥的重担交给了高级水利工程师殷桂友。

当此重任，殷桂友深知需要付出的是什么。但他更清楚：水是城市的血液，引黄济青工程的成功，不但关系到青岛市工业今后的发展速度和百万人民的日常生活，而且对沿途各地的工农业建设，都将起到不可估量的作用。

殷桂友来到工地上，白天，他在工地上指挥着施工，深夜回到工棚，抓紧研究图纸。

作为工程负责人，殷桂友始终保持清醒头脑，不管工期多么紧张，他总是以严格、科学的态度组织施工。

在殷桂友的领导下，工程技术人员对原设计作了大小几十项合理的修改，不仅为国家节省了200多万元，也为缩短工期赢得了时间。

孙家集镇有一个"姑娘班""妈妈班"，班里的240多位"半边天"虽然都是20至40多岁的人，却担负着全镇近5000名民工的生活后勤保障和4万多立方米混凝土搅拌任务。

她们和几千名建设者一样，披星戴月，风雨无阻，在工地上奋战了40多天。

1988年3月，在河床开挖最紧张的20多天里，她们都是早上3时上班，晚上22时下班，两头不见太阳，回到工棚时，连上地铺的力气都没有，更不用说照料家庭和孩子了。

可是，谁也没有听到她们有什么怨言，而且她们竟是那样的坚强："汗可多流，觉可少睡，国家信誉，民族尊严不可丢！"经过短短几小时的休息，第二天她们又活跃在工地。

1988年5月6日的夜晚，劳动了一天的民工刚刚进入梦乡，突然下起了倾盆大雨。这场雨下了80多毫米，输水河内积水1米多深，民工住的窝棚也被水淹，衣服、被褥全部湿透了。

意想不到的大雨，起码要耽误10天工期，原定收麦前完成的西段衬砌计划眼看就要成为泡影。

消息传开，各乡镇迅速派来了援建大军。台头镇郑埝村张津斋是位建筑能手，许多农户请他盖新房，每天收入三四十元，但他听说工地上衬砌人手紧张，便找到村干部要求上工地。

在工地上，每人每天仅挣两三元，可张津斋率领的施工小组，每人每天衬砌砼板达4000多块。因为过于劳累,吃饭时,他连手里的筷子掉在地上都不知道。

引黄济青工程共有4个大型泵站,寿光宋庄泵站是引黄济青的枢纽。从引黄闸奔流而来的黄河水,要先在这里用高压泵扬程10米,然后把水送到第二泵站,施工项目包括:主、副厂房,泵房,变电站,清污机桥,进出水池等。

正常施工需要两年,而此时必须在一年半内交付使用,这无疑是一场硬仗。

工程一上马,建设者们就倒排工期,断掉退路,实行12小时工作制,坚持昼夜奋战。

地势洼、土质松,没有道路,他们肩挑人抬,几个月里,这支队伍没休一天班,没停一班工。大家困极了,喝几口茶水提提神,体力不支,坐地上喘口气,爬起来再干,直到工程结束为止。

寿光县引黄济青工程建设多数安排在冬、春两个季节,风雨寒潮连续袭来,民工食宿困难的消息传开,像当年支前那样,后方立即组织支前的突击战。

饭店的油条、大饼、火烧收集起来,各单位的伙房全力赶做馒头,正在买饭的职工不买了,把热腾腾的饭菜装上了车,一辆辆汽车出发了,满载着水、饭、煤、菜、衣服、被褥、雨具,带着后方人民的情谊和问候。

1988年5月6日那场大雨后,革命老根据地牛头镇的村民们,首先想到战斗在引黄工地上的民工。他们从炕上卷起被褥,带上热气腾腾的馍馍,踏着泥泞的路来到工地，像当年慰问胜利归来的子弟兵那样慰问民工。

10万名少先队员和800名教职工寄来热情洋溢的慰问信，他们奉献的是一颗颗滚烫的心。民工们哭了，带工的领导干部也热泪盈眶。

真诚无私的支援，激励着工地上的人们去拼搏，去战斗，去战胜一个个困难。一条雄伟的人工长河如同一座丰碑，已经矗立在寿光大地上。

国际灌溉委员会施工委主席柯金斯在寿光考察了工程建设后，在给省政府的信中说：

> 寿光的工程质量是世界第一流的，用这么少的投资、这么短的时间，取得这么高的效益，只有在中国才能办到。

修建引黄济青昌邑段

1988年1月，山东省引黄济青工程指挥部召开了引黄济青第四次工作会议，部署了加快施工进度的计划，决定整个工程要在1989年7月保证试通水，并提出了输水河开挖工程应纳入农田基本建设去完成的措施。

时间紧，任务重，昌邑县工程指挥部与会者深深感到肩上担子的分量。

会议刚结束，他们便兼程赶回，立即向县委、县政府作了全面汇报，请县委、县政府迅速决定施工方案，组织施工。

对于这项关系到青岛市区百万人口吃水的重点工程，昌邑县委、县政府十分重视。

县委书记赵凤池亲自听取了汇报，对如何科学地组织好这一工程进行了周密的思考。他连续3次主持召开县委常委和副县长联席会议进行专门研究。

会上，大家认真分析了昌邑县农田基本建设的情况，主要是进行了大规模的渤海滩涂开发。特别是1987年秋季以来，在原有对虾养殖面积5万亩的基础上，1987年冬和1988年春在蒲河以东再开发养虾场3.5万亩，在潍河以西扩大1.5万亩，使全县养虾面积达到10万亩。

为此昌邑县发动万名劳力上阵，全面展开了蒲东滩涂开发大会战。

在此期间，围圈蒲东滩涂的防潮大坝两次被大潮冲毁。当时，正值严冬，滴水成冰，全县人民顶风雪，战冰凌，3次出工奋战蒲东大坝，动用几百万个工日，耗资几千万元。

大坝建成后，还要抢在对虾放苗之前完成全部新建虾池的配套工程，还要新建10万亩盐田。

完成全部滩涂开发工程，群众付出的劳动已经够大的了，在这种情况下，再发动10万劳力投入引黄济青工程，确实非常困难了。

县委书记赵凤池在广泛调查了解各方面的情况之后，果断地提出：

> 昌邑县分担的全部引黄济青工程，不打人民战争，不兴师动众，不向群众集资，而是由县财政补贴部分钱，由县指挥部负责，面向社会公开招标。让机械化施工单位实行经济承包，在上级确定的时间内，全部按质按量完成施工任务。

赵凤池的意见不但得到县委、县政府领导们的赞同，而且得到了全县广大干部群众的一致拥护。

机械化施工的承包方案确定之后，具体实施任务就落到了县引黄指挥部的肩上，几位指挥深感责任重大。

当时他们担心：昌邑县承担的输水河战线长，工程量大，土方预算价格比较低，工程能否包出去？

对此，指挥们整天吃不好饭，睡不好觉，时刻把这事挂在心上。

在县委、县政府的指导下，指挥们很快统一了思想，认为社会在发展，组织机械化施工是完全有可能的，必须坚定地探索出一条机械化施工的路子来。

他们首先利用新闻媒介联系承包单位，通过报纸、广播电台、电视台公开做广告宣传，同时，请省、市的业务上级领导推荐施工单位。

通过多方联系做工作，共有省内外80多个单位联系承包工程，但面商后，大部分单位因价格太低不包了，仅有10多家愿意承包，经过洽谈投标，最后确定了7家机械化施工企业承包，承包长度为42.15公里，总包价625.3万元。

为了保证合同的法律效力，昌邑县引黄指挥部依据《经济合同法》和《建筑安装工程承包条例》，与各施工单位签订合同，每份合同都让公证机关给予公证。

合同明确规定，自双方加盖公章报公证机关公证之日起，必须严格履行，不准违约，无论哪方违约或撤销合同，都要依据《经济合同法》处理，按照承包总价的20%罚款。

同时规定，工程必须按合同要求的开、竣工时间完成任务，每拖后1天，每公里罚200元，每提前1天，奖励包价的0.2%。

昌邑县引黄济青指挥部的指挥们深知，引黄济青工程是20世纪80年代世界一流水平的工程，各方面质量要求是十分严格的。输水河土方挖筑如果达不到质量标准，通水后会发生严重问题，绝不能掉以轻心。

同时，大规模的机械化施工对昌邑县来说又没有先例，能不能保证质量，这是指挥员们十分担心的。

他们多次召开会议，确定把狠抓质量放在首位，按照省颁布的施工标准，要求每个工程技术人员和施工单位严格掌握，突出抓好。抓质量不能靠空谈，必须有切实可行的措施。

为此，他们实行了双管齐下的办法：

一是把工程质量形成合同条文同施工单位定下来。质量合同规定，承包方施工的工程，如果被省指挥部评为优质工程，县指挥部给予奖励，每公里奖金1000元。

标准是下挖土方要严格按照设计断面开挖，做到够深、够宽、够坡度，底平坡顺，弯道圆滑，边坡河底不能破坏。上筑土方要严格按照断面尺寸，不凸不凹，碾压密度根据土质不同达到容重每立方米1.62吨至1.7吨。

如果不符合设计标准，质量不合格，坚决返工，所造成的经济损失，由承包方负担。

二是对工程技术人员实行"两定""一包"责任制。"两定"是定工段、定人员。土方开挖根据承包单位承包长度划为4个区段，每个区段派3至4人组成质量小组，吃住在工地上，负责本段工程质量。"一包"是各组根据本组人数将所分区段划分为几个小段，包干到人，分工明确，各司其职，一抓到底。

尽管如此，指挥们对质量问题还是不放心，又成立了由一名副指挥为首的质量检查小组，具体抓好质量检查监督，定期和不定期地到工地巡回检查，及时解决质量问题。

为了严格控制筑方碾压密度，他们购置了烘干检测设备，指定两人专门负责取土化验，确保筑方段质量。

有一个单位进入新的大筑方工段施工，因为当时天气干旱，地面20厘米厚的土层含水量低，土方上筑碾压不实，通过化验发现容重接近要求数值，但是没有达到要求。质量检查组立即通知施工单位返工处理，把已筑的土方推走，然后分层上筑，层层泼水，层层碾压，终于达到了设计要求。

省指挥部下达昌邑县输水河开挖24.5公里施工任务，由于机械化施工的威力和后勤服务工作的及时，铺工28公里，完成25公里，超额完成了年度计划。

1989年，距离引黄济青工程试水的时间已经很紧迫了，而摆在昌邑县面前的施工任务依然十分艰巨：12.56公里输水河要开挖；36.56公里输水河要衬砌；2.2万立方米衬砌预制板要加工；需新开工和收尾的40座建筑物要完成。

元旦刚过，昌邑县委、县政府领导3次到县引黄济青指挥部召开会议，具体研究加快工程进度的措施。输水河衬砌承包给37家企业，预制板承包给30个单位，全线铺开，突击施工。

对所需的两万多吨水泥、1600多吨钢材及大批油料，组织20多人的后勤班子，及时调运，不误工程需要，并从水利部门选调20名有施工技术的人员和工程技术人员一起，分兵把口，把住工程质量关。

在诸多任务中，昌邑县认为首先要完成输水河开挖。输水河开挖完不成，其他衬砌等都是一句空话。

为了加快机械化开挖进度，县指挥部制定了具体奖励政策。

这样，承包单位增调了9台施工机械投入施工。同时，县指挥部还通过协商从原承包数较大的单位割出6.07公里，联系增调了两个机械化施工单位，分别承包了工程，加快了施工进度。

由于组织严密，指挥得力，工程进展顺利。输水河开挖，混凝土预制板加工，到6月底已全部完成。输水河衬砌和建筑物工程，7月底也全部完成。大型建筑物如王耨泵站，6月底完成了主体工程，不妨碍试水，7月底全部竣工，保证了通水无阻。

广大群众踊跃参加施工建设

1986年，地方各级党委、政府和广大人民群众都纷纷积极支持施工建设。

当时在青岛，无论是工厂工人、机关干部、公安干警，还是街道居民、学校师生，都到过引黄济青工程现场挖土修渠，而且全是义务劳动。

桃源河改道工程全长7.73公里，宽50米，是涝洼地，施工条件非常差。军民一起苦干，累了就坐在地上歇一会儿，困了就到临时搭建的棚子里休息一下，没白没黑地干。

引黄济青是当时近40年山东省最大的水利工程。它西起山东博兴，东至青岛崂山，全长252.5公里，流经山东4个地区10个县市。

桃源河改道工程开始后，当地各级政府组织人力、物力大力支持施工的部队，青岛市委主要领导多次亲自带队来慰问部队。

附近地区的干部群众也为部队生活提供了很大的方便。有的工厂听说部队的施工工具不够，连夜加班，为部队赶制小推车。

一些个体劳动者自发到工地为战士义务理发、补鞋、修车、修表等。还有一些当地妇女组成拥军小组，为战士们洗衣、做饭。工地附近村镇的群众自觉地为部队倒出自家最好的屋子。为了让工程顺利进行，沿线的136个村庄献出了3.8万亩土地，还有5个村庄搬迁。

人民群众的厚爱为施工部队战胜艰难险阻增添了巨大的精神力量。

在工程建设中，从省到各地县、市、区，各行各业、各部门都围绕着为引黄济青工程搞好服务这一共同目标，大家积极采取措施，为引黄济青工程搞好充足的物资供应。

沿线地市计委、建行、粮食、交通、建筑、商业等部门积极筹措资金，充分供应工程所需的数百万吨的煤炭、钢材、粮食、木材、水泥等。

医疗卫生部门则组织医护人员开展工地巡回医疗，防病治病，宣传饮食卫生常识，以保证工地工作人员的健康。

引黄济青工程中，青岛市连年组织近百万人次的义务劳动大军，到工地上开展义务劳动。在这些年轻人当中，不但有普通市民，也有附近县、市、区的村民，他们用手中的锹、铲子、小推车等简单的工具开挖棘洪滩水库。

棘洪滩水库以上工程主要有输水河开挖、衬砌及泵站、倒虹、涵闸、公路桥、生产桥等，一共有141个建筑物。棘洪滩水库工程，主要有坝体填筑、库区护砌及放水洞、泄水洞等。棘洪滩水库以下工程，主要包括暗渠、净水厂、高位水池、加压站以及通往青岛市区的 100 多公里的输水管道等。

仅 1986 年冬至 1987 年春，青岛市就组织全市军民参加劳动 85 万个工日，挖掘和回填土石方 76.5 万立方米。

大家有推车的、拉车的，当时没有什么工具，只有推小车，前面几个人拉着，拉上以后接着把它倒掉。当时真的是干得热火朝天，分几个班，上午班，下午班，人是很多，劳动力是用不了的。

经过 100 万军民 3 年多的奋战，棘洪滩水库修建完毕。1989 年 11 月 5 日，引黄济青工程一次性通水成功。

国务院在给山东省人民政府及引黄济青工程指挥部的贺电中说：

引黄济青工程通水，这是我国继引滦入津之后又一项规模巨大的跨流域引水工程。

国务院特向你们并通过你们向工程建设者们致以热烈祝贺！

工程建设中，广大干部、群众和人民解放军发扬艰苦奋斗、顽强拼搏的精神，精心设计，精心施工，团结一致，使整个工程建设速度快、质量好。

11 月 25 日，引黄济青工程通水典礼在山东省昌邑县王耨泵站举行，以每秒 30 立方米流量和一米流速正式向青岛送水。

11月28日，黄河水进入棘洪滩水库。

12月12日，引黄济青白沙河新水厂正式向市内五区送水，使青岛市区日供水能力增加30万立方米。

引黄济青工程是山东省在新中国成立以来规模最大的水利和市政建设工程，解决了青岛市生产生活严重缺水的燃眉之急，而且还可向沿线供水6400万立方米，向高氟区供水1100万立方米。

从此，每天约30万立方米的黄河水将供应青岛市，基本解决了青岛市长期供水紧张的问题，同时为沿线高氟区人畜用水和农田灌溉提供部分水源，对进一步开发胶东半岛、振兴山东经济发挥了重要作用。

政府对引黄济青工程的关怀

从 1986 年，引黄济青工程得到了中央、国务院、山东省委、省政府的极大关怀和支持。

先后到工地视察指导工作的领导人有：全国人大常委会委员长万里，全国政协副主席钱正英，水利部部长杨振怀，山东省委书记姜春云、省长赵志浩，济南军区司令员迟浩田，常务副省长李振，山东省委副书记马忠臣，山东省副省长卢洪、王乐泉、省顾问委员会副主任刘鹏，省政协副主席陆懋曾等。

各级政府有关领导经常到施工现场视察，了解工程进度，并以现场办公会的形式，就地召开有关人员会议，研究解决施工中遇到的各种问题。

3 年多的时间，仅山东省委、省人大、省政府负责人就引黄济青问题召开了 30 多次现场办公会和各种会议。

通过这些会议，及时解决了工程定点定线、移民搬迁、物料供应等重大问题 60 多个，为工程的顺利进展奠定了良好的基础。

引黄济青工程的沿线，各级政府都尽责尽力，大家积极支持工程建设。

平度市在开挖 55.18 公里的输水河工程中，平度市委、市政府的领导们几乎全部上阵，并动员 10 万群众参战。主管部门还组织了400多人的后勤队伍进行支援。

在当地政府的大力支援下,建设者展开了热火朝天的劳动竞赛,大家仅用半个月的时间,就完成了一个月的任务,而且做到了安全施工,没有发生一起事故,也没有发生一件纠纷。

党中央,国务院,山东省委、省政府,各级党委、政府及工程指挥部的领导对引黄济青工程的高度重视和关注,不仅为引黄济青工程的建设创造了良好的社会环境,而且为建设者们能按期完成工程任务坚定了信心,鼓舞了干劲。

1989年11月25日引黄济青正式通水,国务院发来贺电,全国政协副主席谷牧为通水典礼剪彩,李鹏亲笔题词:

造福于人民的工程。

2009年4月14日上午,省政府办公厅副主任高洪波、省水利厅厅长杜昌文一行10余人来博兴县视察引黄济青渠首工程。尚龙江、李家良、满学先、张平、刘方太等市、县领导陪同视察。

在打渔张引黄闸,高洪波、杜昌文一行听取了有关工作情况汇报。引黄济青渠首工程属引黄济青工程滨州分局暨博兴管理处管辖,所辖工程全长42.58公里。

整个渠首工程永久性占地1.1万亩,大小建筑物70

座，输变电、微波通讯、水沙测站、交通等附属工程齐全，是集引水、输沙、沉沙、输水为一体的综合性工程。

该工程自 1989 年 10 月 14 日试通水运行至 2008 年底，共引黄河水 30 亿立方米，经北堤涵闸运往青岛及沿途水量 19 亿立方米，博兴农业灌溉用水 11 亿立方米，为青岛市、沿途各地的工农业生产和人民生活作出了巨大贡献。

四、验收管理

- 验收委员会评价说：引黄济青工程整体设计合理，技术先进，工程规模雄伟，质量标准很高，达到了国际先进水平。

- 张光斗评价说：此项工程能做到建管共举，建设和管理都取得了很好的成绩，是水利建设史上的一个典范。

- 黄大爷高兴地说：政府大力兴修水利，这是造福群众的一件大好事，我们大家都支持。

引黄济青工程通过验收

1989年11月25日,山东省引黄济青工程通水典礼开始了。

在隆隆的礼炮声中,奔腾的黄河之水冲出打渔张引黄闸,沿着250公里长的输水河,汇入胶州湾畔的棘洪滩水库,驯服地流向风景秀丽的青岛。

青岛人民从此结束了缺水、盼水的历史,工程沿途的人民群众也吃上了洁净、甘甜的黄河水。

1991年12月,引黄济青工程顺利通过国家验收。

由水利部、建设部、建设银行等单位组成的验收委员会从打渔张引黄闸开始,检查验收了输水干渠、泵站、棘洪滩水库以下的供水工程,合格率为100%,优良率为93.4%。

验收委员会高度评价了引黄济青工程,评价说:

> 引黄济青工程整体设计合理,技术先进,工程规模雄伟,质量标准很高,达到了国际先进水平。

国际排灌委员会主席柯金斯在参观工程后,认为引黄济青工程施工水平是世界第一流的。

黄河水以前所未有的慷慨滋润着青岛以及引黄济青工程所经过的地区。

引黄济青工程建成通水以来，创造了显著的社会、经济、生态效益，取得了"一流工程、一流管理、一流效益"的优异成绩，被誉为"黄金之渠"。

进入20世纪90年代以来，在青岛这个崛起的城市，岛城人都知道以前用水的困难。

引黄济青工程的胜利通水，无疑使青岛受益最大。

工程建成后，基本缓解了青岛市人民生活和生产用水紧张的状况，成为青岛市最主要的淡水资源之一。

青岛市水利局局长于睿表示：中国在世界上是一个缺水的国家，青岛在中国又是一个严重缺水的城市。本市水资源总量是22亿立方米，全市人均占有量是313立方米，仅占全国的12%。按照规划，到2010年需水5.2亿立方米，供水能力1.7亿立方米。

引黄济青工程运行以来，基本解决了青岛的用水问题，大旱之年再也不缺水了。

1997年和2000年是大旱年，其他省的许多城市面临断水危机，很多基础设施建设项目处在停工停产的边缘，部分地区出现供水紧张和人畜饮水困难。

但青岛市却因为引黄济青而用水无忧，顺利渡过了缺水难关。

青岛市人民高兴地说："引黄济青工程的成功孕育了崭新的青岛！"

山东省引黄济青工程管理局青岛分局副局长陈志向介绍说："从1989年正式通水到现在，引黄济青工程已经通过棘洪滩水库向青岛市供水13.8亿立方米，占据了全市用水量的60%。"

陈志向还说："棘洪滩水库是引黄济青工程唯一的调蓄水库，位于胶州市、即墨市和城阳区交界处，为平原围坝水库，库区面积14.422平方公里，围坝长14.277公里，设计水位14.2米，总库容1.568亿立方米，水利库容1.09亿立方米，坝程高17.24米。"

源源不断的黄河水，为青岛市经济的快速发展提供了重要的水源保障。

青岛市的用水大户造纸、卷烟、印染、化工、橡胶、纺织、钢铁等行业，由于供水充足，发展的步伐也进一步加快了。

黄河之水滋润了干渴的青岛，青岛人终于结束了排队打水、经常停水、定时供水的日子。

自从引黄济青工程通水以后，青岛居民用水状况虽然改变了，但是年纪稍大些的人，基本上还都保持着"一水三用"的习惯。

大家把洗菜的水不倒掉，留下来刷锅，刷锅以后的水最后还要用来冲厕所。

这可以说是历史上缺水的记忆固化在老百姓生活习惯中的表现，但更可以说是一种好的节约用水方式的延续。

2002年，山东省发生了百年不遇的大旱，整个黄河流域降雨异常，全流域来水严重偏枯，中下游来水量比多年均值偏少70%以上，各大水库蓄水量锐减，可调节水量十分有限。

与此同时，沿黄地区旱情严重，防黄河断流及水量统一调度面临严峻的考验。

此外，自2002年以来，青岛市降雨量不足400毫米，是明水文记录以来最少的年份。

面对这种极其严峻的形势，为解决青岛市用水，山东黄河河务局克服重重困难，科学调度，引黄济青，开闸放水，在保证黄河利津水文站50立方米每秒的前提下，每天为青岛市供水30立方米每秒，缓解了青岛市用水困难的紧张局面。

青岛市人大代表马鸿冰认为："万一黄河水断流，青岛又遭遇干旱怎么办，青岛市以后还要再建新城区，人口还要再增加，应该怎么办？"

马鸿冰建议："淡水作为不可再生资源，一向惜水的青岛人应该坚持下去，坚决不能浪费。"

马鸿冰接着说："此外，本市应该加大向海洋要淡水的步伐，充分利用海水等替代水源，以缓解水资源匮乏的局面和解决城市用水供需矛盾。"

2002年，已经是通过引黄济青向青岛供水的第十二个年头。

引黄济青以来，黄河水确保了青岛市的工业、居民生活等各项用水，为青岛这个美丽却缺水的城市发展作出了不可替代的巨大贡献。

青岛市生产总值也由1980年的不到50亿元，攀升至2002年的1500亿元。

在这其中，充足的黄河水供应起到了很大的作用。

许多到青岛准备投资办企业的外宾，在参观了引黄济青工程中的棘洪滩水库供水水源之后，更加坚定了对青岛的投资信心。

青岛市与西班牙合作建设的每日10万吨海水淡化厂计划在2010年建成，届时，淡化的海水就可直接入户使用了。

可靠的水源保证，使青岛的投资环境得到突破性提升。

青岛已经基本形成了以黄河水源、大沽河水源、白沙河水源为主，井群、水库、径流综合性取水的供水体系。

加强引黄济青工程管理

2006年3月31日上午,在山东省厅机关大院门前,省局全体干部职工举行山东省引黄济青工程管理局更名揭牌仪式。

局党委书记何庆平、局长卢文为"山东省胶东调水局"揭牌,政工处马吉刚处长主持了揭牌仪式。

立足于山东半岛城市群和半岛加工制造业基地建设的战略决策,为充分发挥好调水工程的战略保障作用,当年3月上旬,山东省编委下发文件,同意山东省引黄济青工程管理局更名为山东省胶东调水局。

山东省引黄济青工程是国家"七五"期间重点水利工程,自1985年开始兴建,1989年11月25日正式建成通水。

早在引黄济青工程建设期间,山东省政府就接受以往一些水利工程重建设轻管理的教训,明确规定:

> 工程建成前半年,指挥部办公室改为管理局。

引黄济青工程通水后,工程管理局举办了各类培训班,以培训工程管理人员,从而建立起一支技术过硬、适应水利工程需要的管理队伍。

多年来，引黄济青工程管理机构始终以"管好工程送好水"为己任，坚持依法管理和科学管理，先后制定了《关于加强山东省引黄济青工程管理的布告》《山东省引黄济青工程管理（试行）办法》和《山东省引黄济青工程水费计收管理办法》。

这些布告和管理办法，为工程管理提供了法律支持，使工程管理达到了全国同类工程管理的领先水平，保证了引黄济青工程的成功运转，圆满完成了向青岛的引水供水任务。

著名水利专家张光斗教授在参观工程后，给予了高度评价：

> 此项工程能做到建管共举，建设和管理都取得了很好的成绩，是水利建设史上的一个典范。

引黄济青工程每年度的供水、调水任务的完成也并不是完全顺利的。

1997 至 1998 年度引水期间，曾经出现了无水可引被迫停机 3 次的困难局面。这是引黄济青工程运行以来，输水时间最长、停水次数最多、遇到困难最大的年度。

尽管如此，但由于指挥中心科学调度，沿线各项准备工作充分，终于完成了此年度的送水任务。

有关专家说:

引黄济青工程作为山东省第一个长距离、跨流域调水工程,以一流的管理保证了工程通水的流畅,满足了人民群众的用水需求,为青岛经济社会的全面协调可持续发展作出了突出贡献。

水利部部长汪恕诚在纪念引黄济青工程通水10周年的贺电中高度评价说:

引黄济青工程为山东省加快推进改革开放和现代化建设事业提供了坚实的保障。它有效地解决了该地区的用水困难,创造了显著的经济效益、社会效益和环境效益,为山东省的经济建设和改革开放作出了重要贡献。

2004年11月25日,是引黄济青工程建成通水15周年的日子。值此重要日子,山东省有关领导这样说:

15年来,引黄济青工程共引黄河水23.57亿立方米,累计向青岛市区供水9.8亿立方米。
此外,还为博兴提供农业用水近9亿立方米,为工程沿线提供农业用水4亿多立方米,有效缓解了工程沿线的供水紧张局面，大大改善了输水渠两岸的自然生态环境。

截至 2006 年 3 月，共引黄河水 24.7 亿立方米，为博兴县及沿途地区提供农业灌溉用水 11.5 亿立方米，为青岛市供水 11 亿立方米，解决了 85 万人的吃水困难，给青岛市创造了约 400 多亿元的经济效益。

自引黄济青工程管理局成立至今，广大干部职工用自己的智慧和双手建设管理出了齐鲁大地上的一条"黄金之渠"，把工程打造成了位居全国同行业领先水平的"一流工程"！

2004 年 8 月，省编委确定了由省引黄济青工程管理局承担胶东地区引黄调水工程建设管理职责，并受省政府委托，作为项目法人对项目建设的工程质量、工程进度、资金管理和安全生产负总责。

胶东调水利用有引黄济青工程 172.5 公里，新建 7 级提水泵站、3 座隧洞、6 座大型渡槽，桥、闸、倒虹吸等建筑物 417 座，并改扩建引黄济青工程配套设施，涉及 6 市 16 个县、市、区，是新中国成立以来最大的省内跨流域调水工程。

引黄济青管理局的干部职工面临新的建设任务，团结拼搏，开拓创新，做了大量卓有成效的工作，胶东调水工程建设取得了突破性进展。

大家都说："春天与希望同在。"

面对新的形势和任务，全体干部职工将一如既往地恪守水利人的承诺，坚持高起点、高标准、高效率、高质量，一路为胶东调水局的发展尽其所能，把山东胶东调水工程建设管理成人水和谐、功能齐全的现代化样板工程，使引黄济青和胶东调水两大工程在这春意盎然的时刻，再度扬帆远航。

在引黄济青工程通水20周年即将到来的时刻，人们都称赞道：

> 引黄济青工程这条横贯齐鲁大地的地上长虹，不仅为青岛，而且为山东全省的经济发展注入了新的活力！

续建灌区节水改造工程

2006年11月20日,随着黄河打渔张引黄闸闸门的开启,山东省引黄济青工程向青岛引水工作拉开了序幕。

此次引水路线自滨州打渔张引黄闸引水,途径东营、潍坊,经宋庄、王耨、亭口、棘洪滩四级泵站提水,到达青岛棘洪滩水库。

2008年奥运会帆船比赛在青岛举办,这是面向世界展示山东新形象、青岛新形象的巨大舞台。

根据省委办公厅"关于做好迎接2008年北京奥运会有关工作的通知"精神,山东省胶东调水局把当年的引水工作作为头等大事来抓。

尤其是2006年6月份以来,多次研究分析引黄济青工程供水问题,提前制定了计划调水、用水制度,对引水工作的顺利运行进行宏观调控,确保了引水秩序。

积极制定了"调度运行与安全生产责任制"和监测监督制度,将责任到岗到人。对所属工程的道路、设备、设施进行了全面检查,所有闸门均启闭灵活、止水有效、电机设备正常。

积极协调地方,加大了宣传力度,创造了良好的送水秩序。扎实做好节能降耗工作,尤其是加强用电管理及工程节能改造,提高运行效益。

高度重视水质，强化防污措施，对输水河底的杂草污物等进行了彻底清除，并将所有排污口封堵，确保污水污物不入渠，水质不污染，以保证把足量优质的黄河水送到青岛，确保第二年奥帆赛用水安全。

水利部门将按照《引黄济青调度运行管理办法》的规定，做好水位、流量、引水含沙量等运行数据的观测、整理、分析和上报工作。

运行初期将对渠道内不适合入库的存水进行有计划的弃水，对容易造成渠道污染的地段采取监控措施，加大可能有污水进入分水口的巡视力度，确保不发生水质污染事件。

如遇突发情况，水利部门将立即启动《调度运行应急预案》，防止事态扩大蔓延，确保送水安全。

引黄济青调水自 2006 年 11 月 6 日开始，至 1 月 19 日 15 时顺利结束，共从黄河下游打渔张引黄闸引水 1.4 亿立方米，青岛棘洪滩水库收水已达 1.1 亿立方米。

引黄济青调水期间，山东和滨州黄河供水部门紧密配合，根据调水指令，严格控制其他引黄口门取水量，科学调度，合理安排。

特别是打渔张引黄闸干部职工，把这次引黄济青调水当作一项特殊的政治任务来对待，预先清除了闸前淤泥，引水期间随淤随清，坚持昼夜值班。滨州黄河河段自 2007 年 1 月 6 日开始出现淌冰以来，对闸前积冰随时破除，确保了引黄济青调水的顺利进行。

同时，山东黄河水调部门积极协调，加大打渔张河段断面流量，使引水流量一直维持在每秒 20 立方米左右，始终保证了青岛棘洪滩水库 80% 的收水率。

这次引黄济青调水不仅为青岛市各业用水提供了保障，也为引黄济青干渠沿线农业抗旱提供了一定水源。

2008 年 11 月 6 日，惠及当今、恩泽后代的"惠民工程"打渔张灌区续建配套与节水改造工程全面动工。

初冬时节，田野上已经是一片萧索的景象，但在打渔张灌区 13 条渠节水改造工程工地上，处处彩旗飘展，机声隆隆，一场秋冬农田水利建设会战正在如火如荼地开展着。

近日，博兴县乔庄镇黄家村 88 岁的黄大爷拄着拐杖来到衬砌现场，他喜滋滋地看着推土机、挖掘机在工地上作业，黄大爷高兴地说："政府大力兴修水利，这是造福群众的一件大好事，我们大家都支持。"

正在现场施工的黄家村村民黄永辉同样激动地说："兴修水利，利国利民，没有不支持的道理。"

打渔张引黄灌区始建于 1956 年，建成时原灌区范围涉及博兴、广饶、垦利、利津、寿光五县，控制面积 512 万亩。

打渔张引黄灌区已运行 50 余年，是国家"一五"期间的重点项目，是山东省建设最早的大型引黄灌区。

打渔张灌区范围包括博兴县境内 11 个镇的 381 个行政村、41.4 万人口，涉及灌溉面积 66 万亩。运行半个多世纪以来，工程为灌区内工农业生产和国民经济发展作出了巨大贡献。

但是，由于后期投入不足，随着工程的运行和时间的延长，工程设施老化破坏严重，工程设施已濒临报废边缘，严重影响着工程的正常运行和效益发挥。

为进一步改善打渔张灌区用水条件，采取得力措施，积极争取上级支持，将打渔张灌区续建配套与节水改造工程列为国家发改委、水利部立项的重点水利工程。

根据总体规划，工程总投资4亿元，主要实施以灌区干支渠道衬砌与建筑物配套为主要内容的节水改造项目建设。

2008年实施的是2007年度节水改造项目，是全县今冬水利林业会战的重点项目之一。

2008年冬计划完成渠道衬砌2.1公里，配套建筑物6座，总投资850万元。

截至11月24日，1400立方米衬砌预制混凝土板已经全部完成，完成土方33万立方米，混凝土2400立方米，完成了总工程量的65%。

进场各类机械30多台，人员500多人，整个施工现场彩旗飘展，机器轰鸣，人员忙碌，工程施工有序进行。

12月上旬，主体工程全部完成。

至"十一五"末，博兴县将争取完成二干渠、十三条渠、三合干衬砌工程，基本解决骨干渠道的节水改造任务。

在全部衬砌完成后,将对左堤进行绿化、硬化。届时,自渠首引黄闸至洛李枢纽闸将形成一条"高速水道""景观大道",为建设生态灌区、和谐博兴打下基础。

随着灌区节水改造工程的逐步深入,打渔张灌区将为全县工农业生产提供更为有力的水源保障。

本书主要参考资料

《根治黄河水害 开发黄河水利》中华人民共和国水利部办公厅宣传处编 财政经济出版社

《毛泽东休息的七天》郭新法著 河南人民出版社

《长虹贯齐鲁——山东引黄济青工程通水一周年来访散记》肖泰峰著《中国水利》1991年03期

《缚住黄龙：从治理黄河到引黄济青》包爱芹 田利芳编著 山东人民出版社